ベリーズ文庫

黒歴史な天才外科医と結婚なんて困ります！なのに、拒否権ナシで溺愛不可避!?

泉野あおい

JN229951

STARTS
スターツ出版株式会社

目次

黒歴史な天才外科医と結婚なんて困ります！　なのに、拒否権ナシで溺愛不可避!?

黒歴史な天才外科医と
結婚なんて困ります！なのに、
拒否権ナシで溺愛不可避!?

プロローグ

——あなたには一生会いたくなかった人はいますか？

私には、います。

「来実《くるみ》は俺のお願いなら聞いてくれるだろう」

四年ぶりに会った猪沢修《いのさわしゅう》は、〝とんでもないお願い〟を私にした後、脅すように顔を近づけてきた。

百八十三センチある長身に、恐ろしく整った目鼻立ちは四年前と何も変わらないどころか、より洗練された印象だ。

本当は顔を背けたいけれど、久しぶりに近距離で見たその顔から視線が逸らせない。

「私はあなたのお願いを聞く筋合いなんてありません。……そもそもなんで帰ってきたんですか」

「とことん仕事して、成果が出たから帰ってきた。それだけだ」

修は切れ長の目を細める。

私は怒っているし余裕なんて一ミリもないのに、相手は終始余裕の表情だ。昔より年齢を重ねたせいか、さらに大人っぽく見える。彼は唇の端を少し引き上げてから聞いてきた。

「来実は今、誰かと付き合っていないよな？」

「……付き合っていませんけど」

「ほら、ちょうどいい」

「何が『ちょうどいい』ですか！　とにかくそんなバカらしい話はお断りです」

「ふうん。どうしても断るって言うなら俺にも考えがある」

修はそこで言葉を切り、焦らすような数秒の空白時間を作った。ごく、と唾《つば》をのんだ私を見て、彼はすっとスーツのジャケットの胸元に手を入れる。

「俺、いいものを持っているんだ」

「いいもの、って……」

なんですか、と言いかけた時、彼がぴらりと私の目の前に見せた紙。

――それは、一部記入済みの〝婚姻届〟だ。

「な、な……んでそれ！」

驚きすぎて一瞬、呼吸が止まった気がした。そんな私の顔を見て、修はにこりと笑う。

「ほら。特にここが俺のお気に入りなんだよ。よく見てみろ」

そう言って修が指さしたのは、〝ある言葉〟の書かれたハムスター柄の付箋《ふせん》。

「うっ……！」

危うく心臓まで止まりそうになった。本当にそんな事態になっても、目の前の人は外科医だから救ってくれるんだろうけど……と考えかけて頭を横に振った。

とにかく今、とんでもないものが目の前にある。それは時間差で威力を発揮する時限爆弾のようにも思えた。

紙をちらつかせながら、ご機嫌な様子で修は口を開く。

「この言葉は嘘だったんだ？」

「う、嘘に決まってるじゃないですか」

「へぇ、じゃあこれを大学のみんなに見せてもいいんだな」

「絶対だめ！　って、大学のみんなってどういう……」

「十月からまたここの大学病院に勤めることになったんだ。とにかく俺のお願いを聞け。そうでないなら、この婚姻届を今すぐ提出するぞ」

「そんなの脅しじゃないですか」

「よくわかったな。でも、これを今すぐ提出されるよりはいいだろう?」

なぜ私が彼に脅されなければならないのだろう。むしろ私の方が脅してもいいくらい彼にはひどく傷つけられたのに。

彼は私が恋愛ができなくなった原因の人だ。そして……。

――もう一生、会いたくなかった人だ。

再会の日

——その日は私、夏目《なつめ》来実の二十七回目の誕生日だった。

午後五時半、私は百五十七センチの身を屈ませ、白衣を着て『東京都大学《とうきょうとだいがく》』薬学部の動物飼育室にいた。肩より長いストレートヘアーの髪は、毎朝色々アレンジし、勤務中はできるだけ邪魔にならないようにしている。

横百二十センチ、奥行三十センチ、高さ百五十センチ程度の棚には、マウスやラットたちのケースがずらりと並んでいた。目の前の棚にいるのは、私の所属する鈴鹿《すずか》研究室の動物たちだ。いつも通り、下の段の方から確認していく。

私が動く音がすると、二割ほどの子がご飯だと思って顔を出してきた。夕方なのでまだ熟睡中の子も多い。

「ごめんね、ご飯じゃないの」

持ってきたパソコンに、健康状態を書き込んでいく。毛艶《づや》、餌《えさ》と水分が取れているか、目や耳の様子、便や尿の状態、そして体重測定。腫瘍《しゅよう》のある子は、腫瘍の大きさの測定。

　私がアルバイトをしている鈴鹿研究室では、鈴鹿紫《しおり》教授の下、いわゆる〝核酸医療〟という分野の研究をしている。世界を騒がせたウイルスのワクチンも、この核酸医療に関連したものだが、ウイルスだけでなく、がんや心臓病治療薬、診断薬などにも応用できる分野だ。

　そんな鈴鹿研究室が管理している動物たちの状態観察も含め、普段の生活のお世話をしているのが〝生体管理バイト〟である私。生体管理といっても、お世話だけでなく、基本的な実験操作や片付け、事務や先生たちの手伝いなど、仕事は多岐《たき》にわたる。

　私は今の仕事が結構気に入っていて、楽しいしやりがいも感じていた。いつかきちんと就職できればいいとは思っているけれど、今、好きなことができているこの状況に甘んじてしまっている。

　これから結婚する予定もなく、もちろん彼氏もいない。将来への不安が全くないかと言えば嘘になる。ただ――。

『結婚なんていいや。恋愛はもうこりごりなんだから……』

　常にそう思っているのだ。

　動物飼育室を出て、薬学部三号館に向かう。建物としては隣だが、外の渡り廊下に一度出なければならない。

外に出てみると、来た時とは違って少し肌寒くなっていた。研究室のある三号館を見ると白塗りの壁が景色に浮かんで見え、空はもう茜色《あかねいろ》に染まっている。

なんとなく白衣のポケットに手を入れた。中には変わらず一本の万年筆。

これのインクが切れたのは修士論文が完成した時だから、二年半前だ。それから新しいインクを入れることなく、かといって捨てることもできず毎日持ち続けている。

(あれからもうすぐ四年がたつ。これももう持ってないで捨ててしまわないと……)

いつも捨てようと思っても捨てられない。だけど、誕生日の今日こそ……捨てないといけないだろう。

東の入口から中に入り、二階に上る。今日は教授の鈴鹿先生も助教の栗山《くりやま》永一《えいいち》先生もそれぞれ別の出張だ。

大学は八月中旬から九月いっぱいは夏休み期間で、九月中旬の今は学生もかなり少ない分、先生方の出張は多い。

私もパソコンを戻したら帰ってしまおう。そして今夜はひとりで誕生日を祝うのだ。今日のために用意していた奮発したワインもある。おいしいワインをしっかり飲んで、飲んだ勢いでもなんでも、この万年筆を捨てる——。

そう決めて、研究室の扉を開けた。

しかし、入ってすぐ、部屋の中に男性が立っているのに気付く。部屋の中心に黒い天板の大きな実験台があるのだけれど、そのあちら側に、スーツ姿の男性が立っていた。

後ろ姿なので顔はわからないが、すらりとした体躯《たいく》なのに、やけに筋肉質に見える。女性の鈴鹿先生でもないし、細身の栗山先生でもなかった。研究室の学生にも、こんな子はいない。

あるとすれば機械や化学薬品などを販売する業者だ。彼らは営業するのにスーツで出入りするから。

私は部屋に入り、白衣を脱ぐと声をかけた。

「お待たせして申し訳ありませんでした。しかし鈴鹿は出張中でして――」

言い終わるより前に、その男性がくるりとこちらを向いた。一瞬、呼吸が止まりそうになった。

凛々《りり》しく整った眉、切れ長の目、つんと高い鼻……そして、少しやせたが、以前より逞《たくま》しくなった身体。私より二十センチ以上高い長身。

彼は私の顔を見ると、心底嬉《うれ》しいといった感じで顔を綻ばせた。

「なんで……」

私は思わず声が出て、足を後ろに引いてしまう。とっさに、部屋から出ようとすれば、すぐに彼がこちらに回ってきて、私の腕を掴《つか》んだ。

「逃げるなよ」

「やだっ……は、離してください」

思わずそう言っても、全く離してくれる様子はない。

(なんで？　どうしてこんなところにこの人がいるの⁉　しかも六年以上はあっちにいるんじゃなかったの？)

頭の中でぐるぐる疑問が回っていた。

(いや、そもそも会うのだって四年ぶりなんだから、見間違いかもしれないよね……)

そう思ってもう一度、恐る恐る顔を上げる。

「やっぱり本物だ」

思わず私から漏れ出た声を聞いて、彼は愉《たの》しげに笑った。

(なんで笑えるのよ！)

彼の顔なんてもう見たくないと思っていた。きっと私たちが笑顔で向き合える日はもう来ない。それは彼もわかっているはずだ。なのに、彼は笑っている。

彼は私の頭に軽く手を置いて、口を開いた。

「来実、ただいま」

その言葉に、思わず顔を凝視した。

どういう気持ちなのか泣きそうになって、この人の前で泣くのは嫌だと顔をしかめて耐えた。

――彼の名前は、猪沢修。

私より六つ年上の三十三歳。四年会ってなかったのに……彼は驚くほど何も変わってなかった。

そのアイドルみたいに整った顔も、自信のある態度も、耳触りのよい声だって……なんにも変わっていない。

しかし、私からは『おかえり』なんて言葉が出てくるはずがなかった。

押し黙って下を向く。修のクスリと笑う声が耳に届いた。

「おかえりもなしか？ 随分変わったものだな」

カッと頭に血が上った気がした。しかし、深呼吸してなんとか気持ちを整える。どんどん心臓の音だけは大きくなっていたが、なんとか冷静な声を出した。

「本日はどのようなご用件でしょうか」

「他人行儀だな。日本に戻れることになったから、来実に会いに来ただけだろう」

「他人ですし、会いに来られても困ります」

「俺は会いたかった」

「……っ！」

（やめてよ。全部修のせいなのに）

怒ってわめいて泣いて怒鳴って、全部ぶつけてやりたい気持ちだってある。でも、もうそれも嫌になるほどやりつくした。だからもう全部忘れたのだ。

「もう用事がないならお帰りください。私も帰りますので」

「じゃあ、どこかで食事でもするか？　積もる話もあるだろう」

「しません！　用事もないですし、話もありません」

「俺の方にはあるんだよ」

私は食事なんかして話したくないのだ、という気持ちを示すように、眉間に力を入れて真正面から修を見た。

「食事はご一緒しませんので、今すぐご用件だけをどうぞ」

「そうか、わかったよ。大事な用件だからよく聞け」

修は今まで余裕の表情をしていたのに、急に真剣な顔に変わる。

なんだか緊張した。頭では聞きたくないと思っているのに、なぜか私の耳は彼の口から紡ぎ出される言葉をひとつもこぼさず聞こうとしていた。

そして彼は言う。

「俺と結婚してほしいんだ」

「……え？」

（今、なんて言った？）

聞き返した私に彼はもう一度口を開いた。

「俺と結婚してほしい」

一生会いたくなかった人が、なぜか突然舞い戻ってきて、私に結婚してほしいと言っている。私には心底意味がわからない。

「ちょ、ちょっと待ってください。結婚するわけがないでしょう？　もう色々おかしいと思うんですけど、私の耳がおかしいんですか？」

明らかに混乱している私を見て、彼はやれやれといった様子で、肩をすくめて口を開いた。

「日本に帰ってくると決まってすぐ、父に縁談をすすめられた」

「結婚したいなら、その縁談の相手と結婚でもなんでもすればいいじゃないですか」

「わかってないな。俺はまだ日本に戻ってきたばかりだ。仕事だって忙しくなるし、結婚は考えられない。だから来実と結婚予定であることにして、縁談を断りたいんだ。両親も来実が相手なら文句はないだろう。何せ、来実の母親と俺の母親は仲がいい」

「……つまり私に婚約者のふりをしろと？」

修は当たり前だというように頷《うなず》く。

（最初に〝結婚してほしい〟なんて言われたから驚いたじゃない。言い方おかしくない？）

だけど、それなら納得だ。いや、納得するのもおかしいけど。

「本当に結婚してくれてもいいぞ」

「なんで私があなたと？　するわけないです」

そんな唐突で失礼な話に、しかも相手が修なんて、もちろん断るに決まっている。自分にはそうする選択肢しかない。

「ぜひ他をあたってください。これ以上しつこくするなら警備員を呼びますよ」

「来実は俺のお願いなら聞いてくれるだろう」

「私はあなたのお願いを聞く筋合いなんてありません。……そもそもなんで帰ってきたんですか」

「とことん仕事して、成果が出たから帰ってきた。それだけだ」

修が医師という仕事に真剣に向き合っているのは知ってる。だから誰よりも一番近くで応援したいと思った。だけど、それを最初に拒否したのは彼だ。

なのにそんな人が帰ってきて、次は縁談を断りたいから婚約者のふりをしろと言ってくる。

（やっぱり修は、私を都合のいい女だと思ってるんだ。修は結局自分のことばかり……）

それがわかって、また四年前のように落ち込んだ。

「とにかくそんなバカらしい話はお断りです」

「ふうん。どうしても断るって言うなら俺にも考えがある」

彼は最終手段とばかりにあるものを取り出した。それはまぎれもなく私が氏名と生年月日を記入した『婚姻届』。

「ほら。特にここが俺のお気に入りなんだよ。よく見てみろ」

彼が指さした先には私の字で【修、一生大好きだよ！】と書かれているハムスター柄の付箋がある。一瞬、息が止まるかと思った。

――それは、まぎれもなく〝黒歴史〟というやつだからだ。

修は意地悪にニッと口角を上げる。

「この言葉は嘘だったんだ?」

「う、嘘に決まってるじゃないですか」

今すぐめちゃくちゃ浮かれている過去の自分を諫《いさ》め、この付箋を破り捨てたい気持ちでいっぱいになっていた。修はさらに追い詰めてくる。

「へぇ、じゃあこれを大学のみんなに見せてもいいんだな」

「絶対だめ! って、大学のみんなってどういう……」

「十月からまたここの大学病院に勤めることになったんだ。とにかく俺のお願いを聞け。そうでないなら、この婚姻届を今すぐ提出するぞ」

「そんなの脅しじゃないですか」

「よくわかったな。でも、これを今すぐ提出されるよりはいいだろう?」

まさか黒歴史が脅しの道具となって私の目の前に現れるとは思いもしなかった。脅してきた当人の修は機嫌よく笑っている。

「あの時、日付と住所を書いてなくて正解だったな。さすが来実だ」

「何がさすがですか。返してください!」

私が奪おうとすると、ひょい、ひょいと軽々避けられる。無駄な高身長とやけに俊敏な運動神経を持つ彼が憎い。

目の前で右へ左へ動く婚姻届を睨《にら》みながら、ふと不思議な事実に気が付いた。

「……住所が書いてある」

四年前、これを書いた時は住所も書いてなかった。でも今、なぜか住所まで書かれている。

私の〝今の〟住所が……。

「なんで今の住所を知っているんですか！」

「来実の母親に聞いたに決まっているだろう。住所も知っているんだから、逃げようと思っても無駄だぞ」

（そういえば私のお母さんは修が大好きだった！）

『修くんがうちの息子だったらねぇ』とことあるごとに言っていたと思い出す。今でも母は私より修の味方だ。

修は昔からとにかく年上ウケがいい……。いや、年上だけじゃない。全年齢、全性別、全生物ウケがいい。

劣勢を感じて唇を噛《か》んでいると、さっきまで余裕の表情だった修が、突然、眉を下げた。

「俺は本当に困っているんだ。まだ仕事に集中したい。縁談なんて持ってこられても迷惑なんだ」

きっぱり迷惑と言った彼の言葉に、胸の奥がチクリと痛む。彼にとっては昔も今も、恋愛は本気でするようなものじゃないのだ。

そう思うと、先程胸に走った小さな痛みが、じわじわと体中に広がる気がした。

「じゃ、じゃあ、他の女性に頼めばいいじゃないですか。昔もモテてましたよね。頼めば誰かやってくれます」

「こんなことを頼めるのは来実だけだし、頼みたいのも来実だけだ」

修は当たり前のように言った。

(何それ、狡《ずる》い……)

怯《ひる》んだ私に、さらに彼は加える。

「言うことを聞かせるためのちょうどいいものもあるし」

そう言ってまた例の『婚姻届』をひらつかせる。

「とにかくそれを返してくださいっ」

「来実が俺のお願いを聞いてくれたらな。拒否するならこの婚姻届を今すぐ提出する。それでも俺は問題ない」

その鶴の一声にびくりと身体が跳ね、慌てて首を横に振った。

「そ、それだけはだめっ。やめてください」

「じゃ、とにかく帰ろうか。家まで送る」

勝ち誇ったように目を細めた修は、私の手を掴んで歩き出した。

もう絶対に会いたくなかったし、会う気もなかったのに……。

誕生日の夜に現れたのは、私の黒歴史の婚姻届と、それをもとに脅してくる悪魔のような幼馴染だった。

彼からのプレゼント

修とは距離を置いて歩こうとしたが、ピッタリ横をついてくる。一階に降り、正面玄関側のロビーを通って外に出ると、先程は茜色をしていた空がすっかり暗くなっていた。

暗いキャンパス内を歩きながら、ちら、と横を見上げると、暗い中でもそこだけ光っているかのような均整の取れた顔。一瞬こちらを見られて微笑まれたので、視線を逸らした。

何分か黙って歩いていたものの、つい気になって聞いてしまった。

「……さっきの話、本当なんですか？　おじさまから縁談が持ち込まれてるって……」

修が勝ち誇ったように口角を上げたのを見て、『しまった』と思った。

これでは私が修の縁談を気にしているようだ。確かに気になってはいたけれど、決して恋心からだと誤解されたくなかった。彼はゆっくり首を縦に振る。

「あぁ、本当だ。もう来実と結婚前提で付き合っていると言えば回避できる可能性は高いがな」

「本当は誰でもいいんじゃないですか。一番言うこと聞きそうなのが私なだけで」

文句を言っている間に、私の住むアパートに着いた。

私が住むのは、大学から徒歩五分の二階建てのアパート。全十二世帯入っていて、アパートの奥の一軒家には大家さんが住んでいるので安心感もある。

そして大学から近く、通勤通学に便利なため、住んでいるのはほとんど学生や職員だ。

修を見上げ、頭を下げた。

「今日は送っていただいてありがとうございました。でも、もうこれ以降送っていただかなくて結構ですし、薬学部にも来ないでください」

できるだけ淡々と言った私に彼は苦笑し、鞄《かばん》から何かを取り出す。またあの黒歴史が出てくるかと怯《おび》えたけれど、出てきたのは長細いベルベット調の箱だ。

「これ、やるよ」

「……なんでですか？」

「なんでって……今日は来実の誕生日だろう？　せっかくこの日に間に合うように帰ってきたんだ。誕生日おめでとう」

「あ、ありがとうございます……」

（この日に間に合うように帰ってきたって……）

どういう意図でそう言っているのかわからない。でも、自分を思っていたような言葉が嬉しいなんて思ってしまう。ただ、プレゼントについては、彼から受け取っていいものかわからず躊躇《ちゅうちょ》してしまった。

「せっかくだから、開けてつけてみてくれないか？」

戸惑う気持ちを見透かしたように、修が開けるよう促す。私は促されるままに箱を開けた。

「ネックレス……」

中に入っていたのは、ダイヤのネックレス。しかも、石が三つ連なっている。本物なら相当高価なものだ。

「……まさか、これ本物のダイヤじゃないですよね？」

「本物以外何があるんだ？」

「えっ、いらないです。こんな高価なもの」

これまでこんな高価なものは、親にももらったことはない。昔の修にも、だ。

「いいから」

彼は軽々手に取って、手慣れた様子で私を後ろに向かせ、私の首にそれをつける。

暴れたかったけど、壊すわけにいかなくてできない。

つける時に、彼の指が首に触れて、ピクリと反応してしまった。修は全く気にせず、またもう一度向き直させると、目じりのしわを深めた。

「やっぱり似合ってるな」

ドギマギしてしまうからやめてほしい。

本気で困っているのに、彼は余裕の顔で微笑む。

「無茶なお願いも聞いてもらわないといけないし、これくらいはな」

（まさかの賄賂《わいろ》だった！）

私は慌てて首を横に振った。

「無理ですよ！　はっきり申し上げておきますけど、私はあなたのお願いは聞けません。他を当たってください」

「だから、来実に拒否権なんてないって。すぐに一緒に住む部屋を用意するから、引っ越しの準備は進めておけ」

「あなたと一緒に住むなんて嫌に決まってるでしょう！」

私が言うなり、修が突然私の頬に触れる。大きな手のひらが私の頬を包む。ヒートアップしている私の顔の体温より、熱い手だと思った。

驚いて見上げると、切ない顔をした修。

「……そんなこと言うなよ、俺は来実と一緒にいるために帰ってきたんだぞ」

（どうせまた好きにならせて、いいように使いたいだけなんでしょ）

四年前と違って、今の私にはそれがちゃんとわかっている。修を好きになれば自分が傷つく。

それなのに胸に迫るような彼の表情を前に、心が勝手に彼の方に惹かれてしまうようで嫌だった。

修は「また来る」と迷惑な発言をして微笑むと、踵《きびす》を返して暗い道を帰っていった。

断れない頼み

修と別れてから、せっかくの誕生日の夜なのに落ち着かなかった。鏡の中で私の首元に光るネックレスを見ては、複雑な気持ちになる。

「これさ、絶対好きでくれたんじゃないよね。豪華なものを贈って、私を断りにくくさせる作戦だよね？」

飼っているゴールデンハムスターのアデニンに聞いてみた。彼は、丸いくりくりの黒目にダイヤの光を映し、首を傾げる。

ちなみにアデニンは研究室で増えたハムスターで、その中でも人に全く慣れず、研究もできないので去年もらい受けた。今では私にだけは懐いてくれているかわいいハムスターだ。

「アデニンにもわかんないよね……。本当に修はなんで帰ってきたんだろう」

もう思い出したくなかったし、一生会いたくなかったのに、会ってみれば当たり前に自分の生活にすっと入ってくるようで嫌だった。四年会っていなかったとはいえ、昔から実家にもよく来ていて、一緒に食事もとっていたからかもしれない。

「少しやせたけど、元気そうだったな……」

嫌なのに、さっき会ってから何度も修の笑顔ばかり思い出してしまう。他のことを考えようと無理に思考をよそにやってみれば、ふと今日持って帰って捨てようと思っていた万年筆のことを思い出す。

修が帰ってきて驚いて、脱いだ白衣に入れっぱなしで帰ってきてしまった。あれを捨てる勇気はきっと今日しか持てなかったのに……。捨てるどころか、彼にもらったものが増えてしまった。

その後悔のせいか、誕生日にと置いておいた秘蔵のワインを飲んでもなかなか眠れなかった。

次の日は朝五時半に目を覚まし、アデニンのお世話をして、ゆっくり朝食をとり、朝の支度をしてから七時には職場に向かった。

九月の早朝のキャンパス内は、普段の出勤時間よりも日差しが柔らかい。学生も少なく、清々しい空気があたりを包んでいた。

薬学部三号館の階段を上り、二階の廊下をまっすぐ進む。研究室のドアを開ける前に、昨日の出来事を思い出して、一瞬扉にかけた手が止まった。

（今日も中に修が待っているとか……ないよね）

こわごわ扉を開けると、中に白衣を着ている男性が見える。それが一瞬で修ではないとわかって安堵《あんど》した。

助教の栗山永一先生だ。身長は百七十五センチ前後、細身でやせ型。柔らかな栗色の髪に、綺麗《きれい》な形の眉、穏やかな目元をしている。

栗山先生は二十九歳と年が近いので、比較的仲もいい。

「おはようございます、栗山先生」

「おはよう、夏目さん。これ、出張のお土産なんだ。みんなで分けてもらえる？」

そう言って渡されたのは、フグのイラストが描かれた『ふくせんべい』。先生は昨日まで下関《しものせき》に出張だった。そういえば、下関の名物はフグだ。

「はい。……あ、これ、『ふぐ』じゃなくて『ふく』なんですね？」

「あぁ、下関では濁らずにそう言うみたい」

「へぇ……おもしろいですね。それに、おいしそう！　いつもありがとうございます」

「どういたしまして。……それより昨日、部屋の前で男性と一緒にいなかった？」

突然聞かれて、ギクッとした。

「もしかして夜の話ですか？」

「うん。こっちに戻ってきた時、部屋の前で夏目さんが男性と話してるのが見えたんだ。声をかけるか少し迷って……」

この栗山先生は、我が家のお隣に住んでいる。

栗山先生の言っている男性は、きっと修だ。話を聞かれていなかったか少し不安になった。

「もしかして、話の内容って聞いたりしました？」

「ううん。さすがに内容まで聞いてないよ。でも、えーっと……彼は友達？」

「はい。友達……というか友達でもなくて。顔だけ知ってる程度です」

「それにしては顔の距離が少し近かったよね……」

そう言って栗山先生は自分の頬に手を当てて、私をじっと見ていた。

「あの……？」

「ごめん、詮索するような真似をして。少し揉《も》めていたようにも見えたから心配だったんだ」

栗山先生は人のいい笑みを浮かべた。先生は人がよく心配性だ。

確かに、昨夜は揉めていたのもあり、心配されるのも仕方ないのかもしれない。

だって修が変なことを言うから。人のいい栗山先生に、あんなひどい男のせいで心配をかけているのが申し訳なくなった。

——その日の昼休み。

いつも通り栗山先生がランチに行こうと誘ってくれて、それに頷いてついていった。

この大学は、医学系・歯学系・薬学系は同じキャンパス内にあり、そこに附属病院が隣接している。

そしてこの医療系キャンパス内に学食はひとつ、カフェがふたつ、附属病院内にも食堂があり、そこを使用することもできる。近隣にも学生をターゲットにした安い飲食店が集まっているので、ご飯を食べるには困らないし、知り合いに会う、なんて偶然もほとんどない。

「今日はどこでランチします？」

「午後一の会議があるから、学食かなぁ」

「そうしましょう」

私と栗山先生の中では、忙しい時は学食と決まっている。何せ、学食は薬学部棟に近いのだ。

ふたりで足早に学食に向かって、定食を買ってから席に向かっていると、学食の一角に人だかりができていると気付いた。九月の今は、学部生は夏休みの時期で少ないはずなのに……。

「あそこ、どうしたんでしょうね？」

「ほんとだ、なんだろう。有名人でも来てるのかも」

「誰だろう。後でちらっとでも見られないかなぁ」

本当に街ロケの一環で、芸能人が取材に入っている場合もある。この前は、この大学出身のお笑い芸人が来ていて、大騒ぎだった。今日はそれほどの賑《にぎ》わいでもない気がするが……。

ふたりで席に着き、「いただきます」と手を合わせると早々に食べだした。

食べながらなんとなく視線を人だかりに向けると、そこにいるのが見事に女性ばかりだと気付く。嫌な予感がするが、素早く食べ進めた。同じように食べていた栗山先生は、何気なく話し出す。

「そういえば、来月から、医学部に新しい教員が来るって話題になってたな。しかもボストンから帰ってくるって。若いのに、がん治療の世界的権威である『ボストン大』のロバート先生のオペチームに参加していたものだから、もうみんな浮足立っちゃってるよ。そもそも留学だってさ、すべて国費でまかなわれて、成果もしっかり出して帰ってきたんだって、すごいよね。夏目さんは知ってた?」

「ま、まさか、そんなの知るわけありません!」

驚いて思わず声を荒らげてしまった。

私は……実はその話を知っていたのだ。

特にロバート先生は、本当に有名な医師で、がん遺伝子に関する研究で成果もあげているし、すい臓がん治療の権威とも言われている。医学、薬学のアプローチ方法は違えども、鈴鹿先生と似た分野の研究者だから目に入る機会も多い。

そんな先生に修が関わったせいで、何か調べものをするたびに彼の名を何度も見なくちゃいけなくて、なかなかその名を忘れられなかった。さらにそれだけでなく、調べなくていいところまで、わざわざ調べてしまったりもしていたのだ。

もう一生会いたくないと思っていたのについその名を調べてしまっていたなんて、誰にも知られたくなかった。

私が大きな声で否定したからか栗山先生は驚いた顔で私を見た。

「どうしたの。突然……。珍しいね」

「すみません」

「来実、何しているんだ?」

突然、低い声が後ろからする。しかも、聞いただけでわかるほど不機嫌な声。

怖くなって後ろを振り返らず、なんとか口だけを開いた。

「な、何って見ての通りお昼を食べているだけです……」

「男と？」

「誰と食べようがあなたには関係ないですよね」

私は思わず振り返ったが、修の怒っている表情に息をのんだ。

（え？　どういうこと？　なんで修の方が怒ってるの……！）

彼の喜怒哀楽のポイントがよくわからない。

帰ってきて私に散々噛みつかれている時も余裕の表情で笑っていたのに、今はどうだ。反論できないほどの不機嫌な様子を漂わせている。

しかし彼に振り回されるのも嫌で、平気なふりをしてふたりを紹介することにした。

「こちら鈴鹿研の栗山先生で、うちのお隣さんです。そしてこっちが猪沢修といって……私の知り合いです」

「知り合い？」

「お隣さん……？」

修の眉が不機嫌そうにピクリと動く。さらに不機嫌なオーラがどんどん身体から発せられ始めた。その不穏な表情に押された栗山先生が私に視線を動かして聞いてきた。

「もしかして、昨日、家の前で話していた男性……？　顔だけ知ってるって言ってたよね」

「はい」

「ここの教員だったんだ。……猪沢先生って、もしかしてボストン帰りの先生ですか？」

栗山先生が修を見ると、修はひとつ頷いた。

「ええ。予定より少し早いのですが、今日からここの医学部と附属病院で勤務します、猪沢修です。来実がいつもお世話になっています」

なぜか修は、栗山先生に威圧的な態度に見える。

さらに言葉に詰まった栗山先生を見て修は微笑むと、あろうことかそのまま私の肩を持ち抱き寄せた。

「せっかくお話していたのにすみません。俺の婚約者が男性とふたりで食事をしている姿に驚いてしまって声をかけてしまいました」

「婚約者⁉」

栗山先生だけでなく、先程修を取り囲んでいた女性たちが絶叫するように言う。ついでに私も驚いた。全否定するように大きく手を横に振る。

「そ、そんなの嘘です！　この人、虚言癖があるんです……！」

修は口角を持ち上げ、そっと自身の胸元に手をやった。スーツのジャケットの中からちらりと見せたのは、ものすごく見覚えのある紙――婚姻届だ。

「それっ」

（なんで持ってるの！）

「嘘じゃない、だろ？　証拠だってあるんだから」

修は優しく微笑んだ。これはたぶん否定したら、見せる気満々といった表情だ。

自筆の婚姻届が憎い。いくら浮かれていたとはいえ、若いころの自分と会えたら全力で止める。悔しさに震える私の頭にポンポンと手を乗せ、修は口を開いた。

「改めて鈴鹿先生にもご挨拶に行くから」

「来なくて結構です」

修の手を払いのけ、栗山先生の方を向いた。

「もう行きましょう！」

「え、あの……大丈夫なの？　婚約者って……」

「いいんです。何が婚約者よ、バカらしい」

私は本人に大々的に言えない文句をぶつくさ言いながら、その場を後にする。後ろではまだ周りがザワザワとしていた。


その後、食堂から離れ、研究室までの廊下を歩いている時、栗山先生が口を開いた。

「猪沢先生……さ、なんかめちゃくちゃ怖かったんだけど……」

「すみません。私もあんな修、初めて見ました。普段はあんな感じじゃないと思うんですけど。昨日もずっと笑顔だったし……」

私の言葉を聞いて栗山先生は苦笑した後、顎《あご》に手を当てて言った。

「それに夏目さんも女性陣にものすごく睨まれてたよね。猪沢先生は、周りのやっかみを生むかもしれないなんて考えないのかな。うまく立ち回った方が夏目さんは安全なのに」

栗山先生が少し怒ったように低い声を出す。いつも穏やかで優しい彼の雰囲気と全く違って、私はやけに焦った。

「あ、わ、私は大丈夫ですよ？」

「まぁとにかく、何かあれば僕になんでも言ってね」

「はい。ありがとうございます」

私が頭を下げると、絶対だよ、と栗山先生は微笑んだ。

その日は、帰るのが遅くなってしまった。婚約者と全体に向けて宣言されたのもあり、やっぱり落ち着かなかったから。

家に帰って食事より先にハムスターのアデニンを部屋の中で散歩させていた。もともと私は生き物が大好きで、ここの大家さんに頼み込んで、隣の人がOKなら、とハムスターの飼育だけは許してもらったのだ。私の部屋は二階の端っこで、隣は栗山先生なのでもちろんOKだった。

突然、私のスマホが鳴った。画面を見ると、【着信：修】と出ている。

「修……」

四年ぶりの修からの着信だ。四年間、私から電話することも、彼からかかってくることもなかった。

(番号変わってなかったんだ……)

それに少しホッとして、なんでホッとしたのか首を傾げる。出ないで無視しようと思ったのだけれど、今日みたいにまた婚約者だと勝手に言い回られてはたまらない。先に釘を刺しておこうと意気込んで電話に出た。

「あの、今日の話ですけど――！」

『来実、食事まだだよな？』

「へ……？　はい……まだですけど」

『なら五分後に部屋の前にいろ』

それだけ言って勝手に電話は切れた。

「何よ、それ……」

意味がわからない。そして今日のことといい、今のこの電話といい、本当に自分勝手な人だ。

昔の自分は、いろんなフィルターがかかっていて、そういう部分を見透かせなかった。だけど今の自分は違う。もう絶対に彼には好きにさせない。

意気込んでいると、部屋で散歩をしていたアデニンがいない状況に気付いた。一瞬で背中に冷汗が流れる。

「アデニン？」

もちろん玄関扉も窓も閉まっているので、外に出ていけはしないが、家の中には配線やコードなど、かじっては危ないものもある。初めて部屋で放している時に、目を離してしまった。

「アデニン、どこ⁉」

ベッドの下も、棚の中も、キッチンの流しの下も、どこにもいない。時間が経つにつれ、不安になってくる。もしも……そんな悪い考えが頭をよぎる。どうしていいのかわからなくなって呆然《ぼうぜん》とした時、突然、玄関チャイムが鳴った。

「来実？　キャンセルはなしだからな」

修の声が外から聞こえる。その声にとっさに玄関まで走っていた。

玄関扉を足元を見ながら開け、彼を部屋に入れるとすぐに閉める。入ってきた修は私の様子を見て、すっと真剣な表情になった。

「どうかした？　顔が真っ青だ」

「どうしよう……アデニンがっ」

「アデニンって核酸の？　え、どういうこと？」

「ハムスターの名前。散歩してたらいなくなった……。どうしよう、修！」

私は修のジャケットの胸元を掴んでいた。彼は「落ち着け」といつもよりゆっくり声を出し、落ち着かせるように私の背を軽く叩く。

頷いてすっと大きく息を吸った。息が短くなって、息をうまく吸えてなかったのだと気付いた。修はそのまま周りを見渡していたものの、突然、ピタリと動きを止めた。

「……もしかして、アデニンって、ゴールデンハムスターで、背中に五つの茶色い点があったりする？」

「う、うん。なんで知って――」

修が私の後ろを指さす。バッと後ろを振り向くと、少し減ったティッシュケースの中からアデニンが顔を出していた。

「アデニン！　よかった……！」

私は走っていってアデニンを手に乗せる。温かくて、命の重みを感じた。たった数分なのに、本当に久しぶりに会ったような気分だった。

「本当によかった……。ありがとう、修！」

私が言うと、修は「よかったな」と嬉しそうに笑った。その笑顔についい見惚《みと》れてしまう。それから、なんでとっさに彼に助けを求めてしまったのだろうと反省した。

そんな私を気にもせず、修は次にアデニンに視線を合わせた。

「お前、アデニンって言うんだな」

「そうです……」

私が頷くと、修が両手をお皿のようにくっつけてアデニンに差し出した。

「アデニン、ほら、来いよ」

「いや、無理ですよ。全然人に懐かなくて私が引き取ったんですから……」

アデニンはビビりだ。簡単に懐くわけがない。

そう思って修を見ると、彼の手にアデニンがとことこ歩いていく。そして、当たり前にちょこんと乗った……。

（アデニーンッ！）

泣きそうな顔でそれを見ていると、修が眉を寄せて私を見る。

「なんだよ」

「別にっ。修は昔からそうだったなと思っただけ！　なんでもかんでも懐柔してさ」

「来実もな」

「私は懐柔されてません！」

「そうだったか？」

修は屈託のない笑顔を見せる。

（本当は懐柔されてましたよ！　そのクシャっと笑う顔に騙《だま》されたのよ）

彼はアデニンを優しく撫《な》でると、小屋に戻す。またアデニンに言った。

「悪いけど、今日はお前は留守番な。ご主人様を借りていく」

「何……？」

「無事にアデニンも見つかったことだし、行くぞ」

「行くってどこに？」

修は教えてくれないまま、私を部屋から連れ出した。そして外に待たせていたタクシーに乗り込んだのだ。


連れていかれたのは、都内のラグジュアリークラスのホテルだった。

思わず逃げようとしたが、修は逃がさないといった感じで私の腕を掴んだ。不安で見上げた私を見て、彼は落ち着いた笑顔を見せる。

「変な想像をするなよ。食事だよ、食事。うまいものを食わせてやる」

「べ、別に変な想像なんてしていません」

「そうか？　ならいいよな」

別にいいとは言っていないのだけれど、強引な修に手を引かれてホテルに入った。

入ってすぐから絨毯《じゅうたん》が高級そうでなんだか落ち着かない。フロントの奥にエレベーターがあり、乗り込むなり三十二階のボタンを彼が押した。

「猪沢さま、お待ちしておりました」

フロアに着けば、すぐ右手にレストランがあって、やってきたウエイターに中に案内される。

無理やりとはいえ、こんなところまで来てしまっては、借りてきた猫のようについていくしかない。せっかくなら困らせるくらい食べて飲んでやろうと決めた。

席まで案内されている時に目に入ったのは、食事をしている他の男女。ドレスアップして談笑している誰もが洗練された印象を受ける。

急に、自分の服装が不安になってきた。今日は仕事に行く服装で、シフォンシャツにスカートだったので特別おかしなわけではない。だけど、連れてこられるのがここだと知っていたらもう少し色々選べたのに。

（せめて、修にもらったネックレスだけでもつけてくれればよかったかな……）

そう考えたところで、修が「ただの食事だよ。あれこれ考えて緊張するな」と微笑んだ。

（なんでわかったの？）

私が頷いた時に、ちょうど席に着いた。席は一番奥の窓際の一等席だ。

煌《きら》めく景色を見て、やっぱりあのネックレスをつけてきたかったな、と思った。

席に着くなり、コースの確認。そして、ソムリエがやってきてワインリストを渡される。修がリストから顔を上げこちらを見て目が合うと、なぜか緊張した。

「来実、シャンパンでいいか」

「ノンアルコールでお願いします」

「どうして？」

「恋人でもない男性とふたりで、ホテルのレストランで食事をしてお酒を飲むなんて、普通警戒します」

「ハハ、警戒できるようになったなんて成長したな。でも、俺と来実の仲で警戒なんて必要ない。無理に部屋に連れ込むなんてしないから、飲めるなら飲んどけ」

そう言って、修はシャンパンを頼んでくれた。すぐに二種類のシャンパンが運ばれてくる。

「違うもの？」

「あぁ。ほら、乾杯」

「乾杯」

グラスをお互いに少し傾けて乾杯する。彼と視線が絡んで、また一瞬緊張感に襲われた。

それをかき消すように、シャンパンを口に含む。そうすると、口の中で爽やかに泡がはじけて、本当に緊張がほぐれてきた。

「……おいしい」

すぐにもう一口飲んだ私を、修は愛おしそうに見ていた。

それからコースの前菜だというテリーヌが来て、順に食事がサーブされる。魚料理の後にお肉料理まであった。たくさん食べてやろうと思っていたけれど、もともと品数が多かったようだ。

「しっかり食べろよ。背も前より縮んだんじゃないか」

「縮むわけがないじゃないですか」

私が怒ると、修はハハハと笑う。その目の前の笑顔は、まるですべてが昔に戻ったようで泣きそうになった。それを誤魔化すみたいに食べ続けた。

食事中、ふいに修の手が止まっているのに気付いて顔を上げる。彼はじっとこちらを見ていた。

「落ち着かないのであまり見ないでください」

「……昼のはなんだったんだ？」

「昼？」

「隣に住んでる栗山先生。昼、一緒に食べていただろう」

修の目が、真実を確かめるように私を見ている。自分の心の奥底まで見抜かれそうなその瞳から視線を逸らして答えた。

「な、何って……？　そんなことより、婚約者だなんてあんなところで言わないでください よ。あれじゃ誤解されて——」

「仲がいいんだな」

言い終わる前に、強い口調で言われる。その迫力に思わず言葉に詰まった。修の不機嫌さを肌で感じて、私は何も悪くないはずなのに答え方がしどろもどろになる。

「そ、それは、研究室でも唯一年が近いのが栗山先生だし」

「ふうん」

そう言って修はふいに手を伸ばし、私の左手を取った。彼の硬い指先が私の左手の薬指をするりと撫でる。

「やっ……！」

「今度は指輪を買いに行こう。婚約者になるんだから必要だろう」

驚いて修の手を振りほどき、浅くなった呼吸を整えるように意識してゆっくり息を吐いた。そして彼に厳しい目を向けた。

「それ、まだ言っているんですか。縁談を受けたくないならもっと他の方法を考えたらいいじゃないですか」

「例えばどんな方法だ？」

「そうですね……。素直にまだ仕事に集中したいって言えばいいんじゃないですか」

「俺の両親が聞くとでも？」

そう言われて、修の両親を想像した。東京都大学とは別の大学病院に勤めていて、よくも悪くも家でも立派な医師だ。母親も私の母とは仲がいいし、私には優しいものの、彼には甘さを見せない。さらに修の父親はかなり厳しい。自分の正しいと思ったことはそのまま突き進む感じで、人の意見に耳を貸すタイプではなかった。

押し黙った私に、彼は苦笑する。

「ほら、そうだろう」

「でも、他にも色々……」

と言ったけれど、私も修の両親をよく知っている手前、いい方法は思いつかなかった。

そして、唯一小さな時からよく知っている私には、彼のご両親も多少甘いというのもわかっていた。

「な。言っただろう。俺は縁談が持ち込まれた時、結婚相手なら来実しかいないと思ったよ」

「結婚相手は私しかいないって……誤解を招く言い方はやめてください。〝結婚するって偽装する相手〟ですよね」

「俺としては提出できる婚姻届も持っているし、別に本当に結婚してしまっても構わないと言っているだろう」

「私は今後誰とも結婚しません。そう決めたのはあなたのせいです」

「俺のせいなら、俺が責任を取る。普通そういうものだろう？」

「………」

無茶苦茶な言い分なのに、やけに説得力があるのはなぜだろう。……いや、騙されてはいけない。彼の主張はただのこじつけだ。

私は昔から修が好きだった。

だから彼との結婚生活に憧れた。結婚するなら彼としか考えられなかったし、学生時代のノートには【猪沢来実】と結婚後の名前を綴《つづ》ってみた記憶もある。

四年前はそれが空想ではなく現実味を帯びて、修を支えて、彼とずっと一緒にいたいと真剣に考えていたのに……。

「本当に私と結婚したかったなら、ひとりでボストンなんて行かなきゃよかったじゃない」

思わず言ってしまう。すると目の前の修の眉が、困ったように下がった。それを見て、『しまった』と自分の言葉を後悔した。でも、自分が傷ついた分、うまく謝れなかった。

修は手をテーブルの上で組み、頭を下げた。

「すまない」

そのまま彼は顔を上げ、私の瞳を見据える。

「しかし、あちらで掴んだものは大きかった。ボストンに行って後悔はしていない」

その言葉に泣きたくなる。せめて『来実を置いていって後悔していた』と言ってほしかった。そしたら少しはあのころの自分が救われた。でも、彼はそんな言葉は絶対に言ってくれない。

さらに、そんな後悔を述べてほしかったと思っていた自分に気付いて、ものすごく滑稽《こっけい》に思えてきた。

修は再度深く頭を下げる。

「お願いだ、来実。本当に困っている。とにかくあと半年だけでいいんだ。俺を助けると思って、婚約者のふりを引き受けてくれ」

——狡い。

散々あの黒歴史の婚姻届で脅して言うことを聞かせようとしてきたくせに、最後の最後にこうして本当に困っていると言ってくる。

彼の目標が、私にはわかるから……狡いと思っても、ひどい言葉を言われた相手だったとしても、首を横には振れなかった。

（修にも気付かれてる通り、私には断れない）

かといって四年の月日は私も成長させた。私だって全部彼の思い通りにはなってあげない。

大きく息を吸い込み、意を決して顔を上げる。

「わかりました。半年だけ婚約者のふりを引き受けます。ただし条件があります」

「条件って？」

「半年後、婚約者のふりが終われば、後は絶対、お互いに近寄らず話さないと決めませんか？　婚約破棄したなら、普通は気まずいでしょうから、そうなるのも自然だと思うんです。それで私もあなたに付きまとわれなくて済みますし」

修の頬がピクリと動いた。意外な提案だったのだろう。もうまっすぐに、彼を信じているわけじゃないとわかってくれただろうか。

そう思ったところで彼は神妙に頷いた。

「……わかった。約束する」

「指切りでもしておきますか？」

右手の小指を差し出すと、修は手ごと引き寄せ両手で包んだ。大きな熱い手に包まれ、心臓が跳ねた。

「……本当に帰ってきてよかった」

修はまるで本音のように口に出す。

どうしていいのかわからず、顔だけが熱くなっていく。四年前は手だって普通に握っていたのに、今はそうされるだけでやけに落ち着かない。でも、修が本当に帰ってきたのだと、その温度で実感した。

静かな時間が過ぎたところで、彼が沈黙を破るように口を開く。

「無事に婚約者になることも決まったし、これから一緒に泊まっていくか？　俺、家が決まるまではこのホテルで寝泊まりしているんだ」

「……えっ」

驚いて手を引き、彼を見上げた。視線が絡む。修の瞳が熱を持っている気がして、自分の瞳にそれが移る気がした。いつの間にか自身の手をぎゅう、と握り込んでいて、手に汗がにじんだ。

修は、私をじっと見ていたと思えば、意地悪に目を細める。それで、からかわれたのだと気付いた。

「か、からかわないでくださいっ」

「からかってなければオッケーだった？」

「まさか！　私は半年間の婚約者のふりを引き受けただけで、そんなことまでするつもりはありません」

思わず言ったものの、心臓の音は大きくなり続けている。

修の目が真意を探るように私に向けられていた。動揺しているのがバレるのは嫌だ。なのに、彼はあろうことか、もう一度テーブルに乗っていた私の片手に自分の手を乗せた。

「そう。でも、手くらいは繋《つな》いでもらわないと婚約者のふりはできないと思うから頼んだぞ」

そう言うなり、私の手を取って、指の間に指を這《は》わして握る。それはそうかもしれないけど、なぜ今やる必要があるのかわからない。緊張に足が震える。彼には気付かれていませんようにと祈った。

泣きそうになったところで、天の助けとばかりに修のスマホが鳴った。彼は電話に応じるなり、簡単に返事をしてスマホを切る。

「さっそくオンコールだな。残念だけど、行ってくる」

「えっと、お酒は大丈夫なんですか？」

「俺のはノンアルコールだったからな」

そのまま手を離され、修は立ち上がる。帰り際、頭をポンポンと二度軽く叩かれた。

私は固まったまま目だけで修が出ていくのを見送っていたが、彼が見えなくなり小さく息を吐いた。

その時——。

「デザートをお持ちしました」

突然、修が出ていった方向と反対側から声をかけられた。驚いて見上げると、ウエイターがデザートプレートを持っている。

目の前に差し出されたのは、小さくて丸い苺《いちご》のケーキの上に、それよりももっと小さな七色のマカロンが乗っているデザート。普段、スマホで料理の写真は撮らないのだけれど、無条件に撮りたくなるくらいかわいい。

「猪沢さまに頼まれておりました」

「あ、ありがとうございます」

ケーキもマカロンも、私の大好物だ。私の好きな食べ物なんてよく覚えていたな、と素直に思う。そしてどうしても嬉しく思ってしまう。こういうところが心から憎めなくなるので、本当にやめてほしい。

デザートと一緒にコーヒーも飲んで、店を出るタイミングになって会計が気になった。だけど、それはもう修が済ませていたようで、そのスマートさにも驚いた。そのうえ、帰り際にタクシーまで呼ばれた。

忙しいくせに完璧で抜かりのない状況に、私はとんでもない人のお願いを聞いてしまったんじゃないかと不安になった。

四年前

——人には誰しも〝黒歴史〟というものがあると思う。

私にとっての黒歴史は、修と付き合っていたことだ。

四年前の……二十三歳の私は、雨の降った九月のその日も修の住むマンションにいた。

修も忙しいし、私も大学院での研究で忙しくはしていたけれど、その日は私の誕生日だったから、どうしても修とお祝いをしたくて彼の家を訪ねていたのだ。

鍵がガチャリと開き、修が帰ってくる。

『修にぃ、おかえり！』

『勝手にうちに入るなって何度言わせるんだ』

不機嫌そうな修の顔を見て、私はにこりと笑う。それを見て彼は怒っていた頬を少し緩めてしまった。

（ほら、わかってるのよ。結局、修にぃは私には甘いってこと）

彼は怒ると怖いけど、幼馴染の私を特別に思ってくれているという自信もあった。女の勘ってやつだ。だからその勘を頼りに、よくこうやって勝手に彼の部屋に上がり込んでいたのだ。

昔は近所に住んでいて、彼も私の実家によく来てくれていたので、家に出入りするのも当たり前の感覚だった。

『鍵も持ってるし、勝手に入ってもいいじゃん。別に今更見られて困るものもないでしょ?』

『鍵は緊急時にって渡しているだけ。普段は入るな。入ってきて俺が女と裸で抱き合っていたら困るだろう』

『修にぃに限って、そんなことあるわけないでしょ』

私が眉を寄せると、修はため息をひとつ。

六歳の年齢差があるので、どうしても年下に見えるかもしれないけど、私だってもう二十三歳で立派な大人だから彼の言う意味はわかる。

でも、修に彼女がいないのだって、私にはお見通しだった。だって見たことも会ったこともないし。

――だからこそその日、私はひとつの決意をしていた。

先程まで作っていた料理をテーブルに並べていく。簡単なものだが、サラダや、スパゲッティからピザまで全部手作り。朝から仕込んで、さっき仕上げて完成した。

『今年も一緒にお祝いできて嬉しい！』

『それはよかった。誕生日おめでとう、来実』

修がふわっと笑ってくれる。それだけで幸せになった。私はずっとニコニコしながら、彼と夕食をとった。

そして夕食後、ソファでひと息ついていた時、修は私に二十センチくらいの細い箱を渡した。

『これ、プレゼント』

『え、いいの⁉』

『もらいに来たくせに』

『バレてた？　ありがとう。開けてみたい』

修が『どうぞ』と言い、早速開けると、中には高そうな万年筆が入っていた。艶やかな黒い本体は、部屋の電気でもキラキラと光る。手に持ってみるとちょうどいい重さで、しっとりと手になじんだ。

『修士論文のチェックに使え。俺も使ってるやつ』

『ありがとう！　うん、使う！　大事にするね』

これで研究していても修を近くに感じられると思うと余計に嬉しかった。本当はネックレスとか指輪とかのプレゼントなんかも心の底で期待していたけど、まだ付き合ってなかったので、それはまたいつかもらえるといいな、とひっそり思う。

それから大事なものを思い出して、自分の鞄の中から用意していた封筒を彼に差し出した。

『あのね、これは私からのお返し』

『お返し？』

修が不思議そうな顔で受け取る。封筒から紙を取り出し、その手がふと止まった。

『なんの冗談だ』

『私の名前と生年月日は書いてある。付箋はね、ちょっと冗談っぽいけど、冗談なんかじゃないよ』

――それは〝婚姻届〟だった。

今すぐ結婚したいってわけではないけれど、結婚するなら修しか考えられなかったから用意していた。彼に私の気持ちを信じてほしかったのもある。

これから口にする言葉を思うと胸が高鳴った。

決心してそっと口を開く。

『私ね、修にぃのこと大好きだよ。いつも好きって言っても、冗談みたいに受け取られちゃうから、私の気持ちをちゃんと信じてほしくてそれを書いたの。住所はね、ほら、同棲とかしたら変わるかもしれないからあけてるんだ』

『来実……』

『信じて。私は修にぃが好きだよ。ずっと大好きだった。これからも一生好き。だからね、結婚はいずれってことで、まずは付き合ってみてくれませんか?』

そう言って修の黒い瞳をじっと見つめた。

私はいつになく真剣だった。そのころの私は、修士課程で研究をしていて、金銭面から博士課程は難しかったので修了後は就職をするだろうと思っていた。そうなれば修とは絶対に離れることになる。だからこそ、ただの〝幼馴染〟の立場じゃなくて、きちんと〝彼女〟になっていたかった。そうすれば、きっと離れなくて済むから。

しかし彼は神妙に首を横に振る。

『……いや、だめだ。俺と付き合えば後悔する』

『後悔なんてしない。ねぇ、修にぃも私が好きでしょ?』

『どうしてそんなに自信があるんだ』

『だって、これまでずっと一緒にいたんだもん。わからないわけがないでしょう。修にぃは私を好きでいてくれてる。もし、違うなら〝来実なんて大嫌いだ〟って言ってほしい』

そうでなきゃ諦められないと思っていた。

修は眉を寄せて、『嘘でもそんな言葉を言えるはずないだろう』と、髪をクシャッと掻《か》き上げた。

(それって、やっぱり……)

私の胸が期待にドキドキし始めた時、修は大きく息を吸って吐くと、私の目を捉えた。目の前には今まで見た覚えのない、男性の顔の修。

『俺はお前の兄貴になるつもりはない。俺のこと男として好きなら、〝修〟って呼べ』

その名を呼べば、これまでのふたりの関係が全部変わる気がした。

だからか、なんだか緊張してソワソワしてしまう。それでも関係を変えたくて……

心臓の大きな音を全身で感じながら口を開く。

『……修』

私が口にすると、彼は目を細めた。その顔を見て、ドキドキがさらに加速していく。

(やっぱり修も私を好きだった！)

嬉しくなって修に抱き着いていた。そして、私を抱き上げた彼の顔を見て、お願いする。

『ね、修。誓いのキスして』

彼は少し困った顔をした。でも、私が目を瞑《つむ》って『ほら』と言うと、少しして、そっと唇を合わせてくれた。

修との初めてのキスは、甘く感じた。これがずっと待ち望んでいたキスだ。

いつから好きだったか思い出せないくらい昔から当たり前に好きだった。でも、やっと叶った……。

目を開けると目の前に修の端整な顔があって、思わず『ふふ』と声が出た。嬉しいけど、ほんの少しだけ恥ずかしかった。

『キスしちゃったね』

私の言葉に、彼はまた少し困った顔をする。

（なんで困る必要があるんだろう？　もしかして、修は照れてるのかな？）

でも、せっかく彼氏彼女になれたのだから、今日はもっと一緒にいたくなった。だから修にお願いすることにする。

『今日ね、せっかくだから泊まっていってもいい？』

私が聞くと、修はじっと私を見た。それから口角を上げて意地悪に言う。

『来実はそれの意味はわかっているのか？　何されてもいい覚悟はある？』

『そ、そっか……』

突然かけられた意外な言葉にドギマギしてしまう。そっか、泊まるならそういう覚悟をしないといけないんだ。そう考えていたら彼は息を吐いて笑った。

『まだ覚悟なんてできてないんだろう？　覚悟できるまでちゃんと待つから。覚悟なしに泊まっていっていいぞ』

『うん、ありがとう！』

私は喜んで、修にもう一度キスをした。


次の日の朝、目が覚めた時にはもう隣に修はいなかった。リビングに行くと、綺麗な字で書かれたメモが置いてある。

【病院に行ってくる。家の中は好きなように使っていいから。出入りもご自由に。修】

これまでは勝手に入っていると苦言を呈《てい》されたけど、これからは彼女だから勝手に入って使うお許しが出たのだろうか。

頬が自然とにやける。部屋の中で大きく息を吸い込んで、修の気配を感じていた。

それからの私は修の部屋に居座る日が増えた。その日も、彼が帰ってきたのは深夜だった。

ウトウトして待っていたけど、玄関の開く音がして玄関まで走って向かった。

『おかえりなさい！』

『また来ていたのか。それに来ても、俺はいつも通り遅くなるんだから寝ておけよ』

『だって待ってたかったんだも……んっ』

私が言い終わる前に、軽く修の唇が私の唇に触れる。驚いて修を見ると、彼はにやりと笑った。

『ただいま』

『ふいうちすぎる』

『来実は、隙がありすぎ』

意地悪に笑う修すら大好きで、この気持ちには果てがないと知る。

彼は、私が用意していた遅い夕飯を食べて、シャワーを浴びにバスルームに行った。

私は、リビングで修が来るのを待っていた。

お風呂上がりの彼から、同じシャンプーとボディソープの匂いがする。今日は私もこっちでシャワーを浴びたからだ。それが嬉しくてたまらない。

彼は微笑んだ私を見て、少し困ったように本棚の医学書を指さした。

『まだもう少し本を読みたいんだけど』

『私も隣で読んでていい？』

『いいけど……。ここにいて、ちゃんと論文は進んでいるのか？』

『進んでます。修、気にしすぎ』

修がソファで医学書を読みだすと、私はその横で論文誌を手にし、修にもたれかかった。

ただ、自分のものが読み終わっても、まだ修が真剣に読み続けているのがすごく寂しくなってしまって彼に抱き着いた。

『こうしてていい？』

『読みにくい』

『いいじゃん。……やっと掴んだんだから』

いつも近くにいたのに全然掴めなかった。必死に追いかけてやっと掴んだ。修に回した手に力を込めた。

『私は修のこと、小さい時からずっと好きだったんだから……』

修の顔を見ると、そのまま彼がキスをしてくれる。唇が離れた時、なぜか恥ずかしくなって顔を下に向けた。

『来実は俺からキスすると照れるんだな』

『し、知りません……！』

『あと、照れると敬語になるし』

自分からキスしたいって言ってしてもらうのは、心の準備ができているから照れないんだと思う。心の準備ができてない時にされるとすごく恥ずかしい。

修の顔をちらりと見ると、彼は悪い顔で笑っていた。

『何よ、その顔』

『ハハ、もっといじめたくなるな』

修はそう言うと、私の手首を軽く掴む。それからソファに押し倒し、顔をまた近づけてきて、そのままキスをした。

『ふっ……んっ……！』

唇が触れたままの長いキスが続く。

キスが離れるとやっぱり恥ずかしくなって、視線を逸らした私を見て、修は愉しげに笑った。そのちょっと意地悪な笑顔も好きだな、なんて思っているのだから重症だ。

修が優しく私の髪を撫でた。と思ったら、その手が私の頬を撫でる。彼の瞳が熱を持っている気がした。彼はそれが当たりだというように目を細め、形のよい唇を開く。

『これ以上したらキスだけでは済まなくなりそうだから、もうやめておこう』

修は私の両肩に手を添えて少し私の身体を離した。もっと彼を感じたいと思っていた私には、ひどく寂しさが募った。

同時に、この前はまだ覚悟ができていなかったけれど、もう覚悟は決まっていると思った。だから修の黒い瞳をまっすぐ見つめて、口を開く。

『修、大丈夫だから……覚悟できてるから、もっとキスして』

今度は自分から口づけ、修の背中に腕を回し、その背をもう絶対に離さないというようにぎゅうっと掴んだ。次の瞬間、彼も私の背に腕を回した。そして耳元で囁《ささや》く。

『本当にいいのか』

『いい。でもね、初めてだから……その、優しくして？』

『あぁ、もちろんだ』

修は頷くと、私の膝の裏に手を差し込んだ。そして、ぐいっと持ち上げ、いわゆるお姫様抱っこで寝室に運ぶ。私は嬉しいのと緊張とが混じりながら、彼の首に腕を回した。

その夜、初めて見る男性の修に今までにないくらいドキドキして、翻弄《ほんろう》されて……

さらに彼を好きになったと気付いた。

私も修も忙しかったけど、交際は極めて順調だった。このままいけば、きっと卒業して結婚……なんて想像までしてしまう。

修には時々お弁当を届けに行っていた。彼は少し困った顔をしたけれど、必ず後で『おいしかった』と言ってくれる。私はその日も、病院と医学部の間をうろうろしていた。

(修がいる病棟はこっちで、もし医学部の方なら南棟の方で……今日はどこにいるのかな)

手に持つお弁当の入った保冷バッグを見る。それからもう一度あたりを見渡した。

行き来してるからわかるけど、理学部のあるキャンパスとこちらの医歯薬系の学部のあるキャンパスでは随分雰囲気が違う。

それは大学病院という特殊な施設があり、そこには学生や教員だけでなく、患者さんや病院スタッフも勤務しているし、救急車もやってきているからだろう。ピリリとした緊張感があるように感じた。

気を付けて、多くの人が行き来しているのをじっと見つめ、目的の人を探す。

何分そうしていたのかわからなくなった時、病院の方から歩いてくる男女の医師グループが目に入った。

その中のひとりが修だとわかってすぐに走り寄ろうとする。しかし、大事な話をしていたら邪魔になるだろう、と思い、そっと様子を窺《うかが》うことにした。

『修さ、最近家によく帰るよな。まさか彼女でもできた？ ほら、時々、弁当届けに来てるかわいい女の子がいるじゃん』

最初に背の高い茶髪の男性が修に聞いた。自分の話をしていると思って、きゅ、と息をのんだ。

『私も見たことあるけど、ちょろちょろ修について回ってる年下の子じゃない？ 男ってなんだかんだああいうなんでも言うこと聞きそうなタイプの子が好きだよね』

そう言って、修の隣にいたロングの黒髪の女性が笑う。黙って聞いているのはいけないと思うのに、そっと聞くのをやめられない。

(修はなんて言うんだろう？ 『大好きな彼女だから』とか言ってくれる？)

しかし予想は大幅に外れる。

『あの子は幼馴染だ。彼女なんていないに決まっているだろう』

きっぱり修が言った。その彼の言葉を聞いて、頭の中が真っ白になる。

(いない？　彼女なんていないって、どうしてそんなふうに言うの？　あんなことまでして私は彼女じゃなかったの？)

修にとって私が彼女ではないなら、私はいったいなんなのだろう。さらに一緒にいる男性が『そうだよな』と笑って続けた。

『修はもうすぐボストンに行くっていうのに、彼女なんていてもどうしようもないだろうしな』

『当たり前だ』

全く聞いた記憶もない話にさらに混乱する。

(ボストンに行く……？　普通の旅行とか、一週間の研修とかそんなものだよね……？)

だけど嫌な予感だけはしていた。それから、どうやって家まで帰ったのか覚えてなかった。

帰ってからずっと修が『彼女なんていないに決まっているだろう』って言ったこと、そして『ボストンに行く』と言っていた言葉を反芻《はんすう》していた。早く修に話を聞きたいのに、彼はその日、帰ってこなかった。

そして、修が帰ってきたのは次の日の朝。私はそのまま着替えもせず起きていた。帰ってきた彼を玄関で出迎える。

『修、おかえり』

目の下に小さなくまを作っている修は、私を見ると『寝てなかったのか？』と心配そうな声で聞いた。

私は頷き、それから彼を見て、なぜ彼女はいないと言ったのかを問いただそうと思った。しかし、疲れて帰ってきた彼を見ていると問いただせず、ひとつだけ平気な顔をして聞くことにした。

『ボストンに行くって本当？』

『誰から聞いたんだ？　俺の親？』

修の瞳は揺れた。ボストン行きは本当のようだ。

最近付き合い出したとはいえ、こんな大事な話を彼女の私に言わなかったなんて……。

彼が私のいないところで、『彼女なんていない』と言った言葉まで真実に思えてくる。ひどく悲しくなってきて口から本音が漏れ出た。

『修にとっては、私はまだただの幼馴染？　ボストンのことまで言わなかったなんて……幼馴染以下なの？』

思わず責めるような言葉がこぼれる。修は顔をしかめた。

（違う。本当はこんなことが言いたいんじゃない）

修に抱き着き、彼の背中に腕を回す。消毒液と少し汗の混じった匂い。修の胸に顔をうずめる。

そしたら泣けてきた。寝不足だからか頭も回らない。

『いつから行くの？』

『十月だ』

『もう二週間もないじゃない……』

『あぁ、そうだな』

修の冷静な声が、今はやけに突き放されているように聞こえてしまう。

『どれくらい行くの？』

『わからない。はっきり決まっていないんだ。研究の状況によって六年とか、もう少しかかると思う』

『六年以上!? 修、私も連れていってくれるんだよね』

当たり前にそうしてくれるものだと思っていた。だけど、修は首を横に振った。

『だめだ。連れていけない。来実は研究もあるだろう。せっかく教授が来実を認めてくれて、大学院まで進んだのに』

『私、修についていく！』

だって、彼女じゃないというなら余計に不安だから。そんなに何年も離れていられるほど余裕はない。

それに修が医師の仕事に真剣なのは知っていた。それなら私はすべて捨てて、彼のために尽くすのもいいかと思ったのだ。ボストンについていって、彼を支える。少なくとも今はそうしていたい。

『来実、いい加減にしろ』

修が怒ったように言って、それがまるで子どもを叱《しか》るような口調でカチンとくる。

『私は子どもじゃないの。だから自分の将来は自分で決める！』

『勝手についてこられてもこっちは迷惑なんだ』

『迷惑って何よ。そんな長い間、修は私と離れて平気なの⁉　私は嫌だよ！』

そんな私の手を彼は掴む。

『来実』

その声が怒っているようで、顔が上げられなくなる。

やっぱり私は子どもみたいだ。だから修は〝彼女〟と紹介してくれないんだ。

そんな自分が嫌だったけど、修といると自分の感情がコントロールできなくなる。

何もかも捨てて彼を優先したくなる。

修が好きで、大好きで。彼にも同じように私を好きになってほしいって思ってた。

——そんな自分勝手な私に、修が怒るのも無理もない。

そう思った時、修は私を無理やりに自分に向かせた。

（怒られるっ……）

ぎゅ、と目を瞑った瞬間、唇に軽く触れる感触。

目を開けると、彼は私にキスをしていた。いつものものよりもっと優しい唇を重ねるだけのキス。唇が離れた時、私は下を向いた。

『そ、そんなので絆《ほだ》されませんっ』

私が言うと、修は困ったように笑ってから『おいで』と手を広げる。唇を噛んで我慢していたけど、結局、その腕の中に飛び込んでいた。彼の背をぎゅうと掴む。

『私、修と離れたくないよ。修は私のこと、ちゃんと好きだよね？』

修は私の髪を優しく撫でると、『ごめん』と呟《つぶや》いた。

（なんで好きって言ってくれないの……？）

これまで〝好き〟って言われなくても、修が私を好きでいてくれている自信があった。私にだけはよく微笑んでくれたし、何か無茶を言っても応じてくれる。誕生日には必ずプレゼントもくれた。それに甘い瞳をよく向けてくれていた。そんなことは他の女性にはしない。

――でも、それって実は、私が自分に都合よく解釈していただけなのかな。

（修は私のこと、本当は……）

そんなことを考え出すと、彼の謝罪の言葉が何に対してのものか、怖くて聞けなくなった。

それから数日がたち、修の出発もあと一週間に迫ったころ、私は駅前の施設に用事があってやってきていた。思ったより用事に時間がかかり、終わって駅に戻った時にはもう夕方だった。

歩いていると後ろから肩を叩かれる。振り向くと、背の高い男性が立っていた。整った顔立ちに軽くセットされた柔らかそうな髪。体格は細身だが筋肉質で、ブランドもののカジュアルな服をあっさり着こなしていた。

『君、猪沢の幼馴染の子だよね。こんなところで会うなんて偶然だね。俺、この駅前のクリニックでバイトしてるんだ』

修を知っているってことは、修の友達だ。私の記憶がはっきりするより前に、彼は人懐こい笑みを浮かべて答えを明かす。

『この前、たまたま見てたんだけど猪沢にお弁当を届けに来てなかった？　俺は熊岡《くまおか》壮太《そうた》。壮汰って呼んで』

以前、大学で修に『彼女ができた？』と聞いていた男性と顔が合致して、思わず『あぁ』と呟く。

『壮汰さんっていうお名前なんですね』

『うん、君の名前は？』

『夏目来実です』

私が言うと、壮汰さんはにこりと笑う。

『来実ちゃん、ね。しっかり覚えた』

話しやすそうな印象だと思った。修の大学の友達なら、この人も修と同じ外科医なんだろう。やけに親しみを覚えた。

壮汰さんは道路の向かいにある八階建てのビルを指さす。

『あそこのダイニングバーがおいしいのって知ってる？　君、二十歳は超えてるよね？　一杯だけ付き合ってよ』

『でも……』

『不安だろうから一杯だけ。猪沢のことで知りたいことがあるんじゃない？　そんな顔してる』

壮汰さんは私を見つめる。六歳違うと全然同級生と違う気がした。修もだけど、仕草や言動のすべてがスマートだ。

それに年上の余裕なのか、修は私の本当に嫌がることはしない。きっとこの人も同じなのだろうと思い、安心してコクンと頷いていた。


ビルの地下一階、間接照明が使われている店内は少し暗く、大人の空間だと思った。

壮汰さんは私をカウンター席に座らせると、自分は隣に座る。

『何にする？』

『えっと……じゃあカシスオレンジ』

『俺はウィスキーで』

店員が頷いてすぐに飲み物を用意してくれた。簡単なつまみだけ頼んでくれた壮汰さんは、乾杯をした後、話し出した。

『来実ちゃんさ、本当に猪沢の幼馴染？　年齢もずいぶん下に見えるけど』

『はい。修が六歳上です。母親同士が幼馴染で私たちも仲よくなった感じです』

『そうなんだ』

私は修との年齢差が、最近疎ましくて仕方ない。いや、もっと前から疎ましかったのかもしれない。彼と同い年に生まれたかった。

そしたら彼だって私を彼女だって言ってくれたんじゃないかって、そんなふうに思ったりしていたのだ。

『六歳下ってやっぱり幼いと思いますか？』

『うーん、どうかな。俺は全然いけるけどね。来実ちゃんかわいいし』

壮汰さんは微笑む。そんなことをさらりと言われると、無条件にドキリとする。壮汰さんは首を傾げた。

『年齢差で悩んでるの？』

『修が私を彼女だって紹介してくれないのは、私が六つも年下で子どもっぽいからかと思って……』

『やっぱり彼女なんだ』

『でも私だけが修と付き合ってると思ってただけかもしれませんけど』

『その可能性は高いよね』

はっきり言われて、思わず目を見開いて壮汰さんを見た。彼は目だけで微笑む。

『うちの医学部生や出身の医師ってね、モテるんだよ。特に猪沢みたいに顔もよくて才能もあるやつは特別告白される場面も多い』

『昔から修はモテてましたよ。医師だからってそんなに変わるものですか』

修の中学、高校生時代だって、彼は本当によく告白されていた。ストーカーまがいの女性も多かった。幼かった私は、彼が女の人にくっつかれているのが嫌で嫌でたまらなかった覚えがある。そして彼が女の人とふたりでいるとしっかり邪魔をした。

壮汰さんはウィスキーの氷を指で少し回して、苦笑する。

『たぶん今はその時の比じゃないくらいだよ。モテ方も意味合いが全然違うし、女に不自由なんてしないわけ。だからこそ、ひとりの女に絞るなんて、相当変わったやつでないとしないと思う』

『どういう意味ですか？』

『つまり、たまたま性欲を発散したくなった時、〝寄ってくる女なら誰でもいい〟って感じ』

『誰でも……』

女なら誰でもいいとは聞き捨てならない。思わず眉を寄せる。そのまま壮汰さんを見ると、彼はまっすぐ私を見つめた。

『君もたくさんいる猪沢の女のうちのひとりなんじゃない。だってこの前、猪沢も俺に君を彼女とは言ってなかった。本当の彼女ならそんな嘘をつく必要もないだろう?』

壮汰さんは意地悪な目で笑う。私といる時の修を思い出すと信じられないけど、実際にその場面を見ているから、壮汰さんの言葉には説得力があった。

『それに、君はボストンについてきてって言われているの? あれって一年とかの話じゃないでしょ』

『いえ、ついてくるなって……』

修はついてきてとは一言も言わなかった。私が一緒に行くと言ってもだめだと言った。

『例えばさ、俺ならね。本当に来実ちゃんひとりに絞ったなら、君をボストンに連れていく。喜んで来実ちゃんの人生に責任を取るよ。〝本当に愛してる〟ならね』

私が言葉に詰まっていると、壮汰さんはスマホを出して微笑む。

『とはいえ、俺は、来実ちゃんみたいな一途そうな子が猪沢にはお似合いなんじゃないかとは思ってる』

『本当ですか？　嬉しいです』

『あぁ、本当。だから応援する。何かあれば気軽に連絡してよ。連絡先、交換しとこ？』

『はい』

私も自分のスマホを出して、連絡先を交換した。そして最後にこれまでひそかに準備してきたことを彼に話した。

『実は私、今日ね……パスポートセンターに行ってきたんです』

壮汰さんが少し驚いた顔をした。しかし話を聞いた壮汰さんも応援してくれると言った。

心強い味方ができて、私は今夜こそ、それを修に告げてみようと決めていた。

家に帰って修の食事の準備をしていると、彼が帰ってくる。

『おかえり』

料理をしていたので声だけで言うと、そのまま黙って修がキッチンにやってきた。鞄も降ろさず、黙り込んだまま彼はキッチンの横に立っていた。目をやると、いつもと様子が違う。明らかに怒りをにじませた顔だ。

『どうしたの？』

『来実、俺に隠していることがあるよな』

修が低い声で言って、思わずビクンッと身体が跳ねた。

もしかして、壮汰さんと一杯だけ飲んできた話だろうか。そう思ったところで、修修は私に一枚の紙を見せる。

──それは、私の〝退学届〟だった。

修は眉を寄せ、怒気をはらんだ口調で問う。

『これはなんだ？』

『それをなんで修が持ってるの？』

『これの親の同意の欄を書いてくれって実家に送って、ご両親と揉めていたんだろう。来実の両親、俺に連絡をくれて……俺が一旦これを預かって戻ってきた』

『なんで私じゃなくて、修に連絡するのよ……』

私が呟くと、修はまた低い怒った声で、『来実』と叱るように言う。私がなおも料理を続けようとすると、その手を彼が掴んだ。

『退学ってどういうこと？　ちゃんと説明して』

『どうもこうも、見た通り。私、退学することに決めた。すぐに両親にも了承してもらうから。それで修についていく。パスポートも手続きしたけど……さすがに間に合わないから、すぐに追いかけていく。……こうしようってずっと考えてた』

修はついてくるなと言ったけど、私はどうしてもついていきたい。

この部屋にはそっと、ボストンに飛び立てる荷物だけ持ってきていた。後の家具は処分した。もう戻れないように自分のアパートも解約してきた。

パスポートの準備と退学のための親の同意が取れれば、私は修のもとに行ける。

『何をやってるんだ！』

『だって……』

ぎゅうっと唇を噛む。

『今離れたらだめな気がするんだもん……。修は私と離れて平気なの？』

私は不安だった。だから好きな研究ができなくなっても、好きな修を傍で支えようと思った。そうしたら不安ではなくなると思っていた。

彼が誰でもいいたくさんの女性の中のひとりに私をしているのなら余計だ。

――本当に来実ちゃんひとりに絞ったなら、君をボストンに連れていく。喜んで来実ちゃんの人生に責任を取るよ。〝本当に愛してる〟ならね。

壮汰さんの言葉が頭をよぎる。

『修は私のこと、本当に好きだよね？　好きなら置いていったりしない。近くにいてほしいって思うでしょ』

『来実！』

『私どう言われたって、修と一緒にいたい。離れたくない！　絶対ついていく！』

私が叫んだ時、テーブルに置いていた私のスマホが音を立てた。私と修が同時にそちらを向いた。

スマホの画面には【熊岡壮汰さん】と出ている。

『熊岡壮汰って……』

『さっき修の同期の壮汰さんに偶然会って……一杯だけおごってもらった。壮汰さんにも修についていきたいって話した。退学届のことも話して……壮汰さんは応援してくれるって言ってた。なのになんで修だけわかってくれないの？』

私が言うと、修は唇を噛んで自分の右手を握り締めた。

『なんであいつがここで出てくるんだよ。まさかあいつに付き合ってるって言った？』

『わ、私はそのつもりだもん！　言っちゃ何かまずいの⁉』

修はじろりと私を睨む。彼が本気で怒っていると気付いて、思わず身体が震えた。

そこまで私が彼女であることを隠したいだなんてショックでもあった。

『しかもなんだよ。飲んだって。なんで気軽に男についていったんだ。ちゃんと危機感を持ってくれよ』

『男って……修の友達だし、修の友達ならいい人でしょ？　実際、いい人だったよ』

修の表情がゆがんだ。息を深く吐いてから、低い声で告げる。

『俺は遊びに行くんじゃない。あっちに行って医師として研鑽《けんさん》することだけを考えてる。悪いけど、来実の面倒まで見られない』

『面倒見てほしいんじゃない。それなら私が修を支える』

『いらない。来実に来られても迷惑でしかないんだ。俺の居場所も来実に教える気はない。ボストンに行ったら、もう連絡も取らない』

それはゆるぎない言葉だった。修がもう私と連絡も取らないつもりだなんて思っておらず、私の足は勝手に震えた。

彼の顔を見ても、冗談だなんて言い出さない真剣な雰囲気のままだ。

『連絡も取らないって……もう別れるってこと？』

まさかね……。そう思って聞いたのに、修は頷いた。

目の前が真っ白になった私にさらに彼は追い打ちをかける。

『最初からそのつもりだった』

（最初からすぐに別れるつもりだったの？　それとも本当に遊びだった？）

震えそうな声を必死に抑え、振り出すように口を開いた。

『じゃあなんで抱いたの』

『男なんだから、若い女が目の前にいれば食いたくなる。……本当は、来実とこうなるべきではなかったんだ』

修の口から紡ぎ出されるのは後悔の言葉だけだった。

抱き合った時は本当に幸せだったのに、幸せすぎた分、引き摺《ず》り落とされた時が立ち上がれないほど辛い。

さらに私を突き落とすように修は加える。

『俺はそんなこともわからない来実が大嫌いだ』

――修にぃは私を好きでいてくれてる。もし、違うなら〝来実なんて大嫌いだ〟って言ってほしい。

告白した時に私が言った言葉。修が『大嫌い』と言ったのだとわかると、涙が溢《あふ》れた。

彼は本気なのだ。本気で私を邪魔だと思っているから私を連れていくはずがない。

『……修のバカ！　もうわかった。もういいよ！』

私はそう言って、自分の荷物だけ持って修の部屋を飛び出した。マンションを出てからゆっくり歩き出したけど、彼が追いかけてくる気配はなかった。

『修のバカぁ……』

私は修の大事な人じゃなかった。彼女ですらなかった。たくさんいる女のうちのひとりだ。いや、それにすらカウントされてなかったのかな。

こんなに深く傷つくなら、もう恋愛なんてしない。もう一生誰も好きにならない。

だから誰とも結婚もしない。

――私は四年前、そう決意したのだ。

四年ぶりのキス

——四年前の夢だ。

朝起きて、先程まで見ていた夢を反芻していた。

(久しぶりにあの日の夢を見たな。これまでほとんど見てなかったのに……)

あの最後の日に修が言ったことは、すべて彼の本心だと思った。最初から私を彼女として見ていなかったのだ。

——わかりました。半年だけ婚約者のふりを引き受けます。

昨日の自分の言葉も反芻する。なのに、なんでこんな事態になってしまったんだろう。

出勤する準備をしていると、突然玄関チャイムが鳴った。

ドアを開けたら、「おはよう」と爽やかに笑って修が立っている。思わずドアを閉めそうになったら足をかけて止められた。

「婚約者と一緒に出勤しようと思ってさ」

その言葉に思わず眉を寄せた。修の足をけって、かけられている足を退けると、すぐに鍵をかけ、準備を再開した。準備を終えて部屋を出ると、まだ彼が立っている。

「…………」

私は修を無視して歩き出す。彼はそんな私をゆっくり追ってきて、後ろから私を見ていた。

「来実は随分変わったよな」

「誰のせいでっ！」

「俺だな」

私は自分を落ち着かせるように息を吸い、すっと目を細めて修を見た。

「……別に四年前のことはもうどうでもいいです。学生で若かったし、私もバカでした。だから、もう全部忘れてください」

「誰が忘れるかよ」

低い声とともに腕が掴まれる。思わず振り返ると、彼は怒った表情で私を見ていた。

その顔に、心臓がひとつ大きく跳ねる。それを誤魔化すように口を開いた。

「私が承諾したのは半年だけの婚約者……つまり、偽の婚約者ですよね？　一緒に出勤はお断りです」

きっぱりと言って、修が何か言うのも無視して歩き続けた。

その日は、朝早くからの会議でもう栗山先生は大学に来ていて、私が出勤した時には会議に出た後だった。

研究室にいるとすぐ、鈴鹿紫教授が部屋に入ってくる。

鈴鹿先生は五十歳をとっくに過ぎているらしいが、そうは見えない。どう見ても四十歳くらいで、下手すれば三十代にまで見える。

しかももう成人したお子さんも三人いる母親で、ご主人はうちの大学病院の教授。なのに全く偉ぶった態度もなく、私みたいなバイトにも優しくて、私は心底、鈴鹿先生を尊敬していた。そんな鈴鹿先生は、今日まで出張で一週間留守だったのだ。

「おはよう、来実ちゃん。長く留守にしてごめんね」

「いえ、大丈夫です。特に問題はありませんでした」

「でも、何か困ってるって顔してるわね？　栗山先生に何かされた？」

両頬をぶにっと挟まれ、鈴鹿先生の方を向かされる。

「なんで栗山先生ですか？」

「そう、違うならいいけど。本当にどうしたの？」

「いや……」

私が口ごもると、「言ってみなさい」と優しい声が降ってくる。さすが三児を育て切った母……その優しい声に思わずなんでも言ってしまいそうになる。

いっそお言葉に甘えて相談してみようかと悩んだ時、研究室のドアが三回ノックされた。

「はい、どうぞ」

鈴鹿先生が言い、入ってきた人物を見て私は言葉を失った。

——なんと、修だったのだ。

(なんでここに来るの⁉)

思わず叫びそうになって口を噤《つぐ》む。

彼は私の方を見て一瞬目を細めると、顔を鈴鹿先生の方に向けて頭を下げた。

「鈴鹿先生、お久しぶりです」

「猪沢くんじゃない！　十月には戻ってくるって聞いてたけど、早かったのね！」

嬉しげに声を弾ませる鈴鹿先生に私は意味がわからず、眉を寄せる。

鈴鹿先生は唇の端を引き上げた。

「猪沢くんは学生時代に私の薬理学の講義を聞いていたのよ。学生の時から飛び抜けてたけど、まさかボストン大の研究員に推薦されるとはね。って、そんな話、来実ちゃんは全部知ってるか」

鈴鹿先生は修と私のことも知っていたらしい。しかし私は修の話をした覚えがない。

鈴鹿先生は修に微笑みを向け、彼も微笑み返す。

「鈴鹿先生は相変わらずお若いですね」

「ふふ、ありがとう。あなたも相変わらずイケメンよ」

ふたりがとても仲がいいのが伝わってくる。

私はふたりが知り合いだなんて一ミリも想像したことはなかったけど、確かに鈴鹿先生は、医学部生の授業も担当していたのだと今更ながら気付いた。

「ところで、今日はわざわざ帰国の挨拶をしに来てくれたの？」

「はい。それとこちらの夏目来実さんと無事に婚約が決まりましたので、ご報告に」

はっきりと修が言い、私は目を白黒させる。

（勝手に何言い出した‼）

鈴鹿先生の声が明るく弾んだ。

「あら、そうだったの！　よかったわね、おめでとう！」

「ええ、すみません。本来なら一番にお伝えするべきところを、ご挨拶が遅れてしまって」

（ちょっと待て！　謝るところはそこじゃない！）

状況が呑《の》み込めずあたふたしている私を置いて、鈴鹿先生と修は話を続けている。

「式は？」

「まだ帰国したばかりで、きちんと日取りが決まっていないんです。入籍自体は半年後にしようと思っています」

「半年後か。すぐしちゃえばいいのに」

すぐできるわけがない。婚約といっても偽装なのだ。彼はシレリと続けた。

「でも一緒に住む場所は決まりそうです。鈴鹿先生のご自宅の近くなんですよ」

「あらぁ、それは嬉しいわ！　女子会に誘ってもいいかしら」

「まぁ、無理のない程度に」

（いつの間に住むところまで決まりそうなの！）

私が叫びだしそうになった時、修はにこりと笑った。

「俺の婚約者は嬉しくて言葉もないようです」

「かわいいわよねえ。だから猪沢くん、こっちに戻ってきたのよね」

「……まぁ、そんなところです。研究も一段落しましたし」

（嘘をつけ！　嘘を……！）

私が心の中で突っ込んでいるのに、鈴鹿先生は嬉しげに手を叩く。

「なら結婚のお祝いもしないとね！」

「ありがとうございます。これからも来実のことをよろしくお願いします」

「もちろんよ」

話が勝手にまとまっていく。私はそれを呆然と見ていた。

修は私の肩に手を置いたと思ったら、「五分ほど彼女をお借りしていいですか」と先生に聞いた。

「どうぞ」

さらに勝手にそんな話まで決まり、彼はそのまま私を連れて研究室を出た。

研究室を出たところで、私の怒りは頂点に達する。

「また何を勝手に言い出したんですか！　それに家って……何を勝手に決めようとしているんですか」

「もういい加減、その変な敬語をやめろ」

修が怒るように言って、きゅ、と息が止まりそうになる。

「だって……」

（修が悪いからこうなってるのに……）

なんだか悲しくなってきて目の前がにじんだ時、修が私の頭を軽くポンポンとした。見上げた私に彼が突然口角を上げる。

「あぁ、そうか。来実って照れたら敬語になるんだっけ。別に俺といて照れてしまうだけならそのまま敬語でもいいけど」

「……っ！」

（絶対違う！）

そうは思ったけど、もう敬語が使いにくくなったのは否めない。修は当たり前のように言った。

「とにかく半年とはいえ婚約者なんだから、上司に報告しないわけにいかないだろう」

修は私の髪を撫でる。その手を払って彼を睨んだ。

「で、でも、報告するのも一緒に住むのも聞いてなかった」

「婚約者のふりだぞ？　ちょっと考えればそれくらいの偽装は必要だってわかるだろう。それに引っ越しできるようにしておけと前にも言っておいた」

「でも……！」

反論しかけた時、修は窓の外をちらりと見て、口角を持ち上げる。

「ここで何かしてれば、あっちの研究棟から見えそうだな」

「何言って……」

嫌な予感がして思わず一歩足を引いていた。しかし、修は当たり前のように私の頬に触れ、そして唇に触れた。ぐい、と顔を近づけてきて、キスまであと少しという距離になる。

(何、まさかこんなところで変なことする気じゃないでしょうね……！)

慌てて彼の身体を押した。だけど全く効いていないようで、顔が限界まで近づく。

(もうだめ……！)

そう思ったところで、突然身体を離された。キスすることはなく、「じゃあな」と機嫌のよい声で言って修は廊下を歩いていく。

「今の、なんだったの……？」

ふいに窓から向かいの研究棟が目に入る。

ちょうど何かの会議が終わったところらしく、先生方が出てきていて……その中で、こちらを見て真っ赤になって固まっている栗山先生と目が合った。

(あの顔は絶対今、キスしてたと思ってる！　角度的にしているように見えたはず……。どうするの、あれ！)

私も絶句して固まるしかなかった。

それから鈴鹿先生には「おめでとう！」と連発されるし、栗山先生はものすごくぎこちないし、もう散々だった。

動物飼育室に逃げるように駆け込んでことなきを得た。こんな日でも、何も知らないラットたちは私が来ると動き出す。お世話をして、先生の実験データをまとめているうちに時間は過ぎていった。

——夕刻。研究室に戻ると、鈴鹿先生はおらず、栗山先生だけがいた。彼はパソコンに向かって一心不乱に仕事していた。「お疲れ様です」と声をかけるとピタリと手を止めてこちらを見る。

「お疲れ様……」

少し間が空き、それから「あの」と声が揃《そろ》う。

「夏目さんからどうぞ」

「あの……私、朝、キスしてたわけじゃありませんから」

「え、そうなの？」

先生はホッとしたように息を吐いた。やっぱりそう勘違いしていたのだとわかって、誤解が解けてよかったと心底思った。

「はい。職場でそんなことするわけないですよ。そもそも職場でなくたってしません」

「でも、鈴鹿先生からも聞いた。婚約者って本当なんだよね？」

言葉に詰まったけど、もう偽の婚約相手を引き受けている以上、頷くしかなかった。

小さな声で「はい」と言うと、栗山先生が「そう」ともっと小さな声で言った。

栗山先生はこれまで散々毎日顔を合わせて、色々助けてもらった先生だ。仕事の相談だって乗ってもらった相手なのに、これまで全く婚約者の話に触れていないのは不自然だったのだろう。ただ、これ以上ここにいては嘘がバレかねないので、帰ると決めた。

「私、今日はもう帰りますね」

着ていた白衣を脱いで慌てて帰ろうと振り返ったところで、白衣のポケットから万年筆が転がり落ちる。それをすぐ拾おうとして、実験台の角に右腕をぶつけてしまった。

「痛っ……！」

「夏目さん大丈夫⁉」

慌ててやってきた栗山先生が、私の右腕を掴んだ。

「右腕、血が出てるよ」

（どうりで痛いと思った。本当に血が出てる！）

しかし幸か不幸か、先に白衣を脱いでいて白衣は汚さずに済んだ。そんなことにホッとする。

「お騒がせして申し訳ありません。大丈夫です。棚に救急箱もあるので自分で手当てできますから」

「でも、右腕でしょ？　どうやって消毒するの？」

「そう言えば」

私が呟くと、栗山先生は息を吐いて、「嫌じゃなければ、僕が手当てしてもいい？」と聞いた。私はその言葉に頷いていた。

私が腕を洗っている間、栗山先生は研究室内の棚の上から救急箱を取り出して、洗い終わると消毒してくれる。

私の右腕を消毒してくれている栗山先生に、頭を下げた。

「すみません」

「いや……僕のせいだよ、ごめんね」

この先生は、自分が悪くない場面でも、こうやって謝る癖がある。さっきは私が勝手に慌てて動いてしまっただけだ。最初に会った時だって……。

　それを思い出して、思わず口にしていた。

「最初に会った日みたいですね。ほら、栗山先生が他大から採用されてきて、最初にアパートで挨拶だけ交わしてたけど、まさか同じ研究室の先生だってわかってなくて……研究室で会った時に、私、驚いて足を机にぶつけて」

「あの時も怪我させちゃったんだよね」

「それも私が勝手に怪我しただけです。栗山先生全然悪くないのに今みたいに謝ってました」

「僕はこっちに来たばかりで知り合いもいなくてひとりだったし、緊張もしてたから……夏目さんが隣にも研究室にもいてくれて随分安心したんだ」

　先生はバンソウコウを貼り終えて、思い出したように目を細めた。そして、突然、腕ではなく、私の両手を取ったのだ。

「あのね、夏目さん。僕は――」

「ふたりきりで何をしているんですか?」

　低く地を這うような冷たい声が室内に轟《とどろ》いた。私たちはびくりと身体を震わせ、入口の方を見る。そこには――。

「修！」

「猪沢先生！」

修が立っていたのだ。ちらりと修を見ると、彼はものすごく不機嫌そうにこちらを見下ろしていた。それを見ると私の口は慌てたようによく動いた。

「わ、私が怪我しちゃったから手当てしてくれただけなの！」

「そう。後は俺が引き受けますから、プライベートで関係のない先生はすぐにお仕事にお戻りになるか、お帰りください」

修は冷たい声で栗山先生に告げる。

彼がなんでそんな態度を取るのかわからないうちに、栗山先生は慌てて帰っていった。

栗山先生が帰ってから、私は黙り続ける修の不機嫌さをひしひしと感じていたけど……それを無視して片付けを始めた。

栗山先生を無理やりみたいに帰らせた彼に、私だって怒っていたのだ。

私と栗山先生は、一緒に働く間柄だ。修のせいで気まずくはなりたくなかった。

私がむすっとしていると、修が突然何かを差し出す。何かと思えば、さっき落とした万年筆だ。

慌ててそれを受け取って、鞄の中に放り入れた。

「それ……俺があげたやつだよな。まだ持っていてくれたんだ」

「ち、ちがっ。違って、これはたまたま！　勘違いしているようだから言っておくけど、私はもう修を全然好きじゃないの。なんでまだバカみたいに私が修のことを好きだって信じてるの？　あんな捨てられ方してまだ好きなわけないでしょ。うぬぼれないでよ！」

「うぬぼれなんかじゃない」

修は突然、私の後頭部を持つ。また誰かに見せるためにキスのふりでもするつもりだろうか。そう思ったところで端整な顔が目の前に見えた。

「来実にもう一度好きになってほしいんだ。……もう俺以外、見るな」

その言葉に心臓がひとつ大きく跳ねる。戸惑っているうちに、修の顔がさらに近づいた。そして、彼はそのまま私の唇にキスを落としたのだ。

「んっ……！」

キスをしながら、私の手に、するりと修の指を這わせられる。それから私の手をぎゅう、と掴む。背中がゾクリと粟立《あわだ》つ。心臓の刻むリズムが限界まで速まる。

修がなんでそんなことを言って、こんなことをするのかわからない。昔はそんな独占欲の見える言葉だって言ってくれたことはなかった。私を利用するためだろうとわかっていても、修の言葉も、彼とのキスも、私にとって気持ちに火をつける材料にしかならなかった。

目標　修side

来実は、昔から俺に懐いていて、最初は、ただの妹のような存在だと思っていた。それが変わったのはいつだったのだろう。

大学病院に勤める両親の意向もあり、俺は進路を医学部に決めた。むしろ我が家では、その他の選択肢がなかったのだ。だから、俺は最初、特に大きな目標のある医師とは言えなかった。しかし元から器用なのが幸いし、成績自体は学科も実習もよかった。

ひとり暮らしを始めていたので、なんとなくその時告白された女の子の中で、顔が好きだな、と思った子と付き合ってみたこともある。しかし、医学の勉強をしている方がマシだと思い、結局すぐに別れた。恋愛なんてこんなものだろうとわかったので、それからは誰とも付き合わなかった。

少しずつ研究が楽しいと思い始めてきたころ、両親に大学病院に残って研究を続けてみればと助言され、それもそうかもしれないと残ると決めた。

俺はきっとこのまま両親の意向で結婚相手も決まるだろうと思っていた。大きく反論するほど、俺も自分の意見は持っていない。それならそれでいい。俺はよくも悪くも自分の人生に冷めていたのだ。

しかし、それが少し変わったのは俺が大学五年生のころ。

親戚の法事で地元に帰った時に、来実が高校の制服を着て歩いているのを見かけた。地元にいたころは俺から離れず、子どもという雰囲気だったのに、もうすっかり大人びていて、さらに男子と並んで歩いているのを見て驚いた。

俺はとっさに、男子と歩く来実に声をかけた。

『来実』

『修にぃ、どうしたの！　大学は？』

来実は俺を見るたびに、目を輝かせてくれる。それを見ると、いつからか〝帰ってきたんだな〟という気持ちになるようになっていた。俺はいつも通りホッと息を吐いて答える。

『法事で帰ってきた。さっき法事が終わったところで、両親はまた仕事に戻るってさ。相変わらず忙しそうだ』

『じゃあさ、うちにも寄ってくれる？　おじいちゃんもずっと会いたいって言ってるんだ！』

キラキラした明るい笑顔で来実が嬉しげに聞く。そのころ、来実の家には、彼女の母親の父、つまり来実の祖父である茂《しげる》さんが同居していて、彼女は本当におじいちゃん子だった。

俺も茂さんは好きで、俺が医学部に合格した時も、茂さんと来実が誰よりも大喜びしてくれたのが一番嬉しかった。

『うん、そうしようかな』

俺が頷くと、来実の隣を歩いていた男の子が声をかけてくる。

『夏目さん……。その人、お兄さん？』

『えっと、幼馴染っていうか……。昔から仲よくて、よくうちにも来てくれてたんだ。今はね、大学の医学部で勉強してるの。すごいよね』

来実が頬を染めて、俺を紹介する。恋心というにはあまりにも幼い恋愛感情を俺に抱いているのがわかる。というか、誰が見てもひと目でわかっただろう。それくらい彼女の表情はわかりやすかった。

それは、来実の隣を歩いていた男子にもわかったのだろう。その子は、俺を睨んで言い放つ。

『そんなの全然すごくないよ』

そして続けて、『じゃあね、また明日も迎えに来るよ』と当たり前にその子は言ってから去っていった。まるで自分はこうして毎日来実と会っているとアピールするように。


家までの道すがら、俺はたまらず聞いていた。

『来実、あの子は誰？　クラスの子？』

『名木《なぎ》くんって言って、今、席が隣なの。親切で優しい子だよ』

『ふうん。きっと来実を好きなんだろうな』

『私も好きだよ』

『本当なのか？』

『そうだけど。何？』

来実は、あまりにもあっさり言って続ける。

『あ、でもね。一番好きな人は秘密だから』

ふふっと楽しそうに笑う彼女。たぶん自分なんだろうな、とうぬぼれではなく思う。

本当に来実は自分に懐いてくれている。

でも、それがなんだか嬉しいだけじゃなくて、モヤモヤともしていて……この感情はなんなのか自分でも気付いていなかった。

来実の自宅に入るなり、木材や畳のい草、土が少しだけ混じったような香りがふんわりして、懐かしい気分になった。

『お邪魔します』

『え、何言ってるの。ただいま、でしょ！　昔はいっつもそう言ってたじゃん』

それは忙しい両親に変わって、食事をここでとらせてもらったことが多かったからだ。来実が、言わなければ許さないという表情だったので『ただいま』と言った。満面の笑みで『おかえりなさい！』と彼女が返す。胸の奥がほわりと温まる。ここはどこにも変えられない大事な場所だと思った。

来実とともに靴を脱いで玄関を上がり、長い廊下の右手、座敷の縁側に茂さんは座っていた。将棋盤の前で、本を片手に詰め将棋をしていた。

『おじいちゃん！　修にぃが帰ってきたよ！』

『おお、久しぶりだな』

短めの白髪、身長は百六十七、八センチほどのやせ型で、よく着ていた濃いグレーの作務衣を今日も着ていた。以前より少しやせたものの、笑顔が元気そうで安心した。

『ご無沙汰しています』

『なんだ改まって。変なやつだな』

そう言って茂さんは来実に似ている目元のしわを深める。自身の背中を二、三度叩くと、将棋盤のあちら側を指さした。

『ほら、修、座れ。一局さそう』

『私も修にぃと遊びたいのに』

来実が俺の手を持つ。少しドキリとしたところで、茂さんは彼女に言った。

『今度、修が来たら何か作ると言ってなかったか。ほっかろんだか、まろんだかの……来実が好きなお菓子の……』

『マカロン！　そうだね。練習したんだもん。作る！　待ってて。あ、将棋さしてて。二時間くらいでできるからそれまでおじいちゃん、負けないでよ』

『二時間って……』

俺と茂さんの声が揃った。

『修は時間の方は大丈夫なのか』

『はい』

『ならやるか。今日は負けないぞ』

『それはどうでしょう』

実は俺が高校生になって以来、将棋ではほとんど茂さんに勝っている。今でも時間が空けばコンピューターで将棋をさしていたので腕は衰えていないだろう。

茂さんはわかっているかのように微笑んで、俺も茂さんの前に腰を下ろした。茂さんは自身の腰を二度叩き、将棋を始める。すると、いつも通り茂さんは、すぐ【2六歩】だ。

この縁側は昔から時間がゆっくり流れているようで好きだった。縁側の外にある庭も草木がよく手入れされていて、風が吹くたびに小さく葉が揺れる音がした。

『大学の方はどうだ？』

『特に問題なくやっています。ところでさっき、腰を叩いていたでしょう？　腰痛ですか？』

『お、医学部生がいっぱしの医者のようだな。腰痛だ。この年になりゃ、どこかしら悪いもんだ』

『他には？　何か気になるところはないですか？』

『ないよ。まぁ、便秘とか、脂っこいもんは受けつけなくなったってどの年寄りも同じだ』

確かに一般的に、よく悩まれる症状ではある。でも俺は少し気になった。大事な人だから余計に心配だと感じたのかもしれない。

『一応、病院で見てもらってくださいね。かかりつけは近くの『久保《くぼ》医院』ですよね。あそこは確か息子さんが継いでましたよね』

『あぁ、あのどうしようもないバカ息子が医師になってみんなびっくりした。まぁ、気軽には行けるがな』

ハハ、と茂さんは笑う。年齢がいっているからこそ、用心に越したことはない。

『とにかく一度健康診断も兼ねて行ってみてください。もし大学病院でもよければ、俺が話を通してみます』

『わかった、行くよ。でも大学病院は勘弁だ。どうも大きい病院は昔から苦手でな。修が医師になったら一度は行ってやるよ』

『じゃあ今は近くに。絶対ですよ』

『わかったわかった。それより、彼女はできたのか』

茂さんは無理やりに話題を変えた。自分に少し都合の悪い話題になるとさらりと話題を変えるところは来実も似ている。

俺は茂さんの質問に、少し考えて以前起こった話をした。

『かなり前に別れました。別れ際、元から好きじゃなかっただろうと言われて頷いたらさらに怒られました』

俺が言うなり、茂さんは笑い出した。

『器用なくせに、なんで恋愛だけそんなに不器用なんだ』

『知りませんよ。人には恋愛感情があるのが当たり前っていう考えがどうかと思います。薄い人やない人だっているのに』

『まぁ、そうかもしれないがなぁ』

笑いながら、茂さんは【7七銀】で守りを固めていた。これで勝とうなんて甘いな、と思いながら、それに返す。茂さんは次の手を考えながら口を開いた。

『でも、修には恋愛感情はあると思うぞ。気付いていないだけじゃないか』

『あの……変な話をしますが、その恋愛感情で茂さんだって苦労されたお立場でしょう』

実は来実の両親は駆け落ちまがいのことをしている。その時、来実の祖母が亡くなってから男手ひとつで育てていた茂さんとの仲もかなり悪くなり、絶縁状態だったという話は、来実の母親をよく知る俺の母親がぽつりと漏らしていた。

　茂さんは思い出したように頷く。

『あぁ、かわいい娘がどこの馬の骨ともわからない男と勝手に結婚すると決めていた。反対したら男の方を選んで駆け落ちした。あの時は絶望した気分だった』

『……でも今は違うんですよね』

『もちろん。まぁ、親なんて、子どもが幸せなら結局はそれでいいんだ。娘の時はそんなふうで結婚式もしなかったから……。今は孫の晴れ姿を見るのが目標だ。それまで元気でいないとな。病院もちゃんと行くよ』

『はい』

『今になってやっと思えるが、〝幸せ〟というのは何かを好きでいられることなんだろうな。それで人は強くいられる。思ってもいない力が出るもんだ』

　そう言って茂さんは、【5四歩】で攻めてくる。俺はその攻めになのか、それとも彼の言葉になのか、ドキリとした。茂さんは続ける。

『来実は、今でも修、修、とうるさいよ。たまにはこうして帰ってきてやってくれ。あんな嬉しそうな顔、久しぶりに見た。大学も、修と同じ大学を受けたいと夢みたいなことを言って、進学率の高い高校に受かったんだ。それくらい来実は修が好きなんだ』

『来実は俺を好きですけど……それはただの憧れでしょう』

『まぁ、今はそうだがな。なんだ、恋愛感情を向けられている方がよかったって口ぶりだな』

『え……』

そこで俺はさっき自分がモヤモヤした原因に初めて気付いた。俺は、来実に恋愛感情を持ってほしいと思っていたのだ。とっさに、『まさか』と否定した俺に、茂さんは頷いて微笑む。

『私は修が気に入っているんだ。そんな修が大事な孫娘を想ってくれているなんて、もし本当なら嬉しい話だったんだけどな』

茂さんは笑い『はい、王手』と言った。慌てて盤に目を落とすと、本当に王手がかかっていた。にい、と茂さんは口角を上げる。

『私だって日々成長しているんだ。今度も勝つからな。来実のじいさんを舐《な》めちゃいかんよ』

俺はその日、久しぶりに茂さんに将棋で負けた。

俺は自分の気持ちに気付いてから、時々来実に勉強を教えに行くようになった。もちろん手出しなんてしなかった。ただ、彼女の希望を叶えたかったのだ。来実はもちろん喜んだ。

茂さんも俺を見るたび、嬉しそうにしていた。茂さんは茂さんで、俺が言った通り念のため近くの病院に行ってくれ、異常なし、と言われたようだ。それにもホッとした。

来実は俺を全面的に信用して、くるくる変わる表情を見せて笑う。俺はそんな彼女がいつの間にかどんどん好きになっていった。

しかし、来実は俺にはやっぱり憧れに近い感情を抱いているだけに見えた。それでも、俺は俺で来実を好きだったから、彼女のためにできることはなんでもするつもりでいた。

そんな穏やかで歯がゆい日々は、半年続いた。これからも続いていくものだと信じていた。

しかし、俺が大学六年に入ったころ。来実の家で彼女にいつも通り勉強を教えて、帰ろうと家を出たところで来実が俺を追って飛び出してきた。

『どうしよう、修……！　おじいちゃんが……！』

来実の顔の青さに、とっさに走って戻る。すると、いつもの縁側で茂さんが倒れていた。

『来実、救急車を呼んで』

『う、うん！』

彼女は再度走って電話をしていた。

『茂さん！』

意識がない。両方の腕を触ってみるが、だらりとしたままで握り返してもくれない。なんとか脈拍と呼吸はあって、救急車の音が聞こえた時にはホッとした。俺はまだ医師免許も持っていないただの医学部生だったのだと思い知らされた。

『……ねぇ、修。おじいちゃん大丈夫だよね』

救急車の中でも来実は俺の手をぎゅう、と握ってくる。俺は彼女の手を握り返していた。

しかし、状況は思っていた以上に悪かった。

茂さんはすい臓がんで、がんのステージも進行していて、脳に酸素が行かない状況になっていた。

他にも転移が確認され、オペもほぼ不可能な状態。

駆けつけた来実の両親から頼まれて状況を一緒に聞いたけど、その結論は確かそうだった。少なくとも今の日本で、やってもやらなくても死ぬ……この状態でオペをしようとする医師はいない。

悩む間もなく、すぐに茂さんは亡くなって、来実は一晩中泣き止まなかった。


次の日の朝も、来実は亡くなった茂さんの側から離れようとしなかった。

俺は病院の自販機で買った温かいミルクティーを来実に手渡す。彼女は真っ赤な目をして、それを受け取ってくれた。俺は彼女の横に立ち、頭を下げた。

『来実。本当にすまなかった。俺が早く気付いていれば……。それに俺がいても何もできなかった』

俺はその時、後悔しかなかった。

いくら医師免許はなかったにせよ、なぜこれまで気付かなかったのか。本当は、もっと何かできたんじゃないのか……。

来実は黙ったまま、手の中のミルクティーを見つめ、そして、またひと筋涙を流してから笑った。

『修がちゃんとお医者さまになってたら、きっとどんな病気でも治せたのにね。おじいちゃんが病気になるのが早すぎたんだよ』

『……来実』

来実は俺にいつも通り信用しきっている瞳を向けた。俺はつい息をのんで、頷いた。

『……あぁ、きっとそうだな』

『うん。そうでしょう』

来実は純粋にそう信じていて、それなら俺はそれを事実にしてしまいたかった。

そしてこれからは、大事な場面で、大事な人を助けられる、そんな人間になりたいと真剣に思っていた。

その後、茂さんはすい臓がんが根本的な原因で亡くなったとわかるのだが、茂さんの兄弟もすい臓がんで亡くなっていたようで、家族性、つまり遺伝的背景が懸念された。

すい臓がんを含むすいがんのうち、五~十%はこの家族性のものだと言われているのだ。

『来実のことも、来実の家族のことも、次はちゃんと守ります』

俺は茂さんの葬儀の日、茂さんにはそう伝えた。

その後俺は無事に医師免許を取り、すい臓がんに関する研究に没頭し、ひとつでも多くの事例に当たるようになった。

来実は俺が『茂さんを助けられなかった悔いが残っている』と思っているようだった。その要素はもちろんあったが、それ以上に、彼女に何かないように、次は〝その時〟に助けられるように……そのために必死に走り続けているというわけだ。


月日が流れ、来実は無事に東京都大学に入った。彼女は自分の好きな分野と適正から理学部生物学科に入り、遺伝に関する研究を始めて没頭していた。

そして、キャンパスが離れているのに、来実は頻繁に俺の住むマンションを訪ねて来るようになった。

帰ってきて来実がいると正直心臓に悪かったが、そこはうまく取り繕った。

とにかく俺は、彼女にきちんと恋心を抱いてもらえるまで我慢しようと思って必死に耐えていたのだ。

我慢できたもうひとつの理由は、来実を守るためにも、自分も力をつけるべき時期だと思っていたからだ。

──そんなタイミングでボストン行きの話が舞い込む。

俺はすぐにボストンに行くと決めた。

ボストンに行けば、すい臓がんの権威の下で思いっきり研究もでき、オペの数も日本とは段違い。それはこれからの自分の人生に必要だと思った。

来実と離れるのは辛かったけど、彼女はその時、大学院に進んで研究にも楽しそうに取り組んでいたし、俺がいない間も、大学院に通って研究を続けるだろうと思った。

少なくとも、修士は修了しないと彼女が目指すような仕事につくのは難しいからだ。

これまで付き合わずになんとか距離を保ってきたのが幸いした。このまま数年離れていても、お互いがやりたいことをしている間は大丈夫だと思っていた。

ただ、来実を動揺させるのが嫌で、出発はぎりぎりまで黙っていようと思っていた。

──なのに、俺にとっての誤算が起こる。

それは、来実に本気で告白されたことだ。しかも婚姻届まで用意されて……。

ボストン行きがわかっていたのに、我慢できずキスをした。そこでたぶん箍《たが》が外れかけ、来実のかわいさと素直で少々強引なところに、最後の最後でおさえ切れなくなって抱いた。

さらなる誤算は、出発直前になって来実が勝手に退学届まで出そうとしていて、どうしてもついていきたいと言い出したこと。

来実は、まだ若い。自分の人生を見誤ってしまうくらいだったのだ……。

俺はその日、帰るとすぐ、先程来実の父親から受け取ってきた『退学届』を見せる。

『退学ってどういうこと？　ちゃんと説明して』

『どうもこうも、見た通り。私、退学することに決めた。すぐに両親にも了承してもらうから。それで修についていく。パスポートも手続きしたけど……さすがに間に合わないから、すぐに追いかけていく。こうしようってずっと考えてた』

来実はきっぱりと言う。

『何をやってるんだ！』

『だって……今離れたらだめな気がするんだもん……。修は私と離れて平気なの？』

平気なわけがないだろ。その言葉をなんとかして飲み込んだ。

しかし、ボストンへ連れていったら、来実はひとり、好きな研究を諦めて俺だけを待つ日々。

俺も来実が心配で研究に没頭できない。そんなことで成功できるほど、今自分のしている研究も甘くはない。

それにボストンで俺の欲望のままに来実との子どもを作ったとしても、異国でひとり、子育てできるほど彼女は強くない。それもよくわかっていた。

俺がそう考えている中、来実はなおも続ける。

『修は私のこと、本当に好きだよね？　好きなら置いていったりしない。近くにいてほしいって思うでしょ！』

『来実！』

『私どう言われたって、修と一緒にいたい。離れたくない！　絶対ついていく！』

俺は彼女の自分への思いを少し甘く見ていたのかもしれないと、初めて思った。彼女は本当に純粋に俺を心から好きでいたのだろう。

これ以上彼女の素直な声を聞いていると、本当にもう離れられなくなりそうだった。連れていきたい思いが膨らむのを必死に抑えつける。

そんな時、テーブルの上で来実のスマホが音を立てた。スマホの画面には【熊岡壮汰さん】と出ている。

（まさか、あの熊岡か？）

一瞬で顔が青ざめたのが自分でわかった。

――ここでもうひとつ、問題が起こっている事実に気付く。

熊岡は優秀な医師で、腕は信頼しているけれど悪い癖がある。人の彼女や奥さんに手を出してしまう癖だ。

俺がボストンへ行ってからは、遠方の病院での勤務が決まっていたから安心していたのだが。

『さっき修の同期の壮汰さんに偶然会って……一杯だけおごってもらった。壮汰さんにも修についていきたいって話した。退学届のことも話して……壮汰さんは応援してくれるって言ってた。なのになんで修だけわかってくれないの？』

気付けば、俺は自分の右手を握り締めていた。

『なんであいつがここで出てくるんだよ。まさかあいつに付き合ってるって言った？』

『わ、私はそのつもりだもん！　言っちゃ何かまずいの⁉』

まずいに決まっている。

『しかもなんだよ。飲んだって。なんで気軽に男についていったんだ。ちゃんと危機感を持ってくれよ』

『男って……修の友達だし、修の友達ならいい人でしょ？　実際、いい人だったよ』

仕事の腕だけだ。今起きているすべての問題を解決する方法があるとすれば、それは——。

『俺は遊びに行くんじゃない。あっちに行って医師として研鑽することだけを考えてる。悪いけど、来実の面倒まで見られない』

『面倒見てほしいんじゃない。それなら私が修を支える』

『いらない。来実に来られても迷惑でしかないんだ。俺の居場所も来実に教える気はない。ボストンに行ったら、もう連絡も取らない』

　もうこれしかなかった。来実が傷つくのがわかっていたけど、こう伝えるしか、彼女を安全にここにとどめる方法がないと思った。

『連絡も取らないって……もう別れるってこと？』

『最初からそのつもりだった』

『じゃあなんで抱いたの』

『男なんだから、若い女が目の前にいれば食いたくなる。……本当は、来実とこうなるべきではなかったんだ』

　来実の目が驚きに開いて、それからみるみる潤んでいく。抱きしめたい気持ちを押し殺し、ぐっと唇を噛んで最後の一言を放った。

『俺はそんなこともわからない来実が大嫌いだ』

『……修のバカ！　もうわかった。もういいよ！』

来実は部屋を飛び出した。追いかけそうになって、耐える。そうしないと、本当に連れていきたくなってしまう。

今はまだだめだ。

いずれ、俺は必ず日本に戻ってくる。その時に彼女との関係をマイナスから積み上げるしかないのだ。

長く純粋に俺を好きでいてくれた来実の気持ちと、これまで築き上げてきた俺と来実の時間を信じて……。

もし彼女がそんな気持ちを思い出したくないと思っていたとしても、俺は自分の持つすべての愛情を彼女へぶつけて、彼女にもう一度振り向いてもらうための……。

――自分の人生すべてをかけた大きな賭けをすることにした。

＊＊＊

研究と手術を休む間もなくこなしていくと、予定より早く成果が出た。

俺は六年を待たず、四年後、日本に帰国することになる。その足で、先に自分の実家に足を運んだ。帰国が決まってすぐ縁談が持ち込まれていると言われていたからだ。

実家に入るなり、早々に父に写真を見せられた。大きなフレームの中で微笑む顔には、見覚えがあった。

「この相手は、姫下《ひめした》さん？」

「覚えていたか。同じ大学の医学部だったんだろう。彼女の父親は私と同じ大学の医師でね。彼女ももちろん優秀だ。しかし、彼女は研修医になってすぐやめてしまったそうだな。今は仕事はせず、結婚に向けて花嫁修業中とのことだ。優秀なのにやめてしまって残念だったが、姫下さんのご家庭も代々大学病院の医師だ。大学病院の医師の支え方は心得ているだろう」

「それは、つまり彼女とお見合いして結婚しろという話ですか？」

「そうだ。日本で、これからもっと忙しくなる。その前に、身を固めておきなさい。男は結婚していないと信頼してもらえない。大学病院なんて特にだ。昇格も難しいぞ」

父はそう信じている口ぶりだった。確かに、そういった思想は根強い。だからといって、独身でも昇格した人間だっていなくはない。

「独身でも昇格されている方もいると思います」

「それは特別に優秀だからだ」

「では、俺が自分の力で大学病院の准教授にでもなれば、結婚相手に関しては口を出さないでいただけますか？」

初めて反抗した言葉を出したので、父は驚いた顔をした。

「そんな話が出ているのか」

「いえ、着任は助教のままです。しかし……もう少し待っていただけませんか。帰ったばかりですし……」

「この縁談は断りたいというのだな。特別な相手でもいるのか」

俺は、立ち上がって父に頭を下げる。

「……はい、俺には結婚したい相手がいるんです。縁談は断っていただけませんか。お願いします。昇格についても……あと少しだけ待ってください。お願いです」

父は完全に納得しているわけではなさそうな顔で、少し間を置いて頷く。

「わかった。しかし、その相手に一度会わせなさい。そうすればこの話は一旦保留にしよう」

俺は息を吐いて実家を出る。そしてこれは急がないといけないだろうと、そのまま、来実の実家へ向かっていた。

来実の実家に入ると、茂さんにも来実にも似た彼女の母親が笑顔で出迎えてくれてホッとした。結局こちらの家が、昔から俺にとっての実家みたいなものだったのかもしれない。

来実の父親が一緒に飲もうと誘ってくれる。付き合っていたら飲みすぎたようで父親が先に潰れてしまった。

幸せそうに眠っているその父親の顔を楽しげに眺めていた来実の母親に、「そろそろ帰ります」と声をかける。

すると、彼女の母親は、玄関先まで見送ってくれた。

「ごめんなさいねぇ。ボストンから帰ってきたばかりなのに、父さんのお酒に付き合わせちゃって」

「いいえ、今日はお義父さんともゆっくりお話ができてよかったです」

「あの頑固で娘大好きな父さんだから、いくら完璧で優しい修くんでも、これまで認められなかったみたいだけど……。修くんが、来実が大学院を修了して自分で好きな道を歩くまでは待ってくれたから『修くんは父さんの気持ちも汲《く》んでくれた』って言って、もう一気に絆されたみたい」

「そうですか。それはよかったです」

「色々ありがとうね。私たちを気遣ってくれるのも嬉しいけど……やっぱり何より娘を一番に思ってくれているのがわかるから。私はそれが一番嬉しいわ。亡くなった私の父も、きっと喜んでると思う」

来実の母親は微笑む。茂さんを思い出して、俺は胸がぐっと詰まった気がした。

「来実にはこれから？」

「えぇ。四年前、ついてくるって言って聞かなかった来実に、ひどいことを言って別れたままなので、かなり怒っていると思います」

「でしょうねぇ。でも、大丈夫よ。あの子って、昔から修くんしか見えてないから。修くんを嫌いになっても他に好きな人はできないわ。嫌うのも、好きなのも、修くんだけ」

「……俺だけ」

「えぇ。だからよろしくね」

来実の母親はそう言って微笑んだ。昔から人の気持ちを軽くする不思議な人だ。茂さんの娘なんだな、とやけに納得した。

来実の母親に彼女の今の住所も教えてもらったものの、少しでも早く来実に会いたくて、彼女のいる東京都大学薬学部に先に向かう。やっと来実の顔が見られると思うと、嬉しくて気持ちが弾んだ。

向かっている間、ボストンにいた時間を思い出す。

研究室やオペ室から出たのはシャワーを浴びに行く時くらいで、食事も仮眠も研究室で。毎日毎日寝る間も惜しんで仕事をしていた。

体力だけは誰よりもあるのが幸いしたし、この四年でさらに体力がついた。気持ちが負けそうになった時は、来実のくれた〝婚姻届〟を見ていた。

――修、一生大好きだよ！

「俺もだ……」

俺はそのメモに本気で返事をし続けた。

実際に会えば、来実は俺を見て驚いて逃げようとした。腕を掴んでとどめてみると、「やっぱり本物だ」と声を漏らしてくれる。嬉しくてつい笑ってしまった。

久しぶりの本物の来実を抱きしめたくなったけれど、我慢して彼女の頭に軽く手を置いた。

「来実、ただいま」

彼女は俺を凝視して泣きそうな顔をする。

（それはそうだよな……。あんな別れた方をしたんだから）

つい自嘲気味に笑う。問題はこれからどうするかだ。

「本日はどのようなご用件でしょうか」

来実がせいいっぱい冷静な声を出しているのがわかった。

「他人行儀だな。日本に戻れることになったから、来実に会いに来ただけだろう」

「他人ですし、会いに来られても困ります」

「俺は会いたかった」

これは本心だ。俺はずっと彼女に会いたかった。そして言いたかった。

「俺と結婚してほしいんだ」

「……え？」

聞き返した来実に、俺は微笑んでもう一度伝える。

「俺と結婚してほしい」

これまでのことも、これから起こることも、一生来実と一緒にいるための伏線でしかないのだ。

来実は当たり前に『結婚』という言葉に嫌悪感を示した。

だから俺は、縁談を理由に彼女に偽装婚約を頼むことにした。父に『相手に一度会わせなさい』と言われた時から、来実が結婚を拒否すればそうしようと決めていたのだ。

来実は一度目は全く取り合ってくれなかったが、二度目は話を聞いてくれた。

「俺は縁談が持ち込まれた時、結婚相手なら来実しかいないと思ったよ」

ずっと来実しかいないと考えていた。

「私は今後誰とも結婚しません。そう決めたのはあなたのせいです」

「俺のせいなら、俺が責任を取る。普通そういうものだろう？」

その責任は取るつもりしかない。

――それで来実の未来まですべて守りたいのだ。

俺は深く頭を下げた。

「お願いだ、来実。本当に困っている。とにかくあと半年だけでいいんだ。俺を助けると思って、婚約者のふりを引き受けてくれ」

最後は真摯に頼んだ。一か八かだと思っていたが、来実は頷いてくれた。

しかし彼女は、すべて受け入れるわけではない、とでも言いたげに条件を加えた。

「半年後、婚約者のふりが終われば、後は絶対、お互いに近寄らず話さないと決めませんか？　婚約破棄したなら、普通は気まずいでしょうから、そうなるのも自然だと思うんです。それで私もあなたに付きまとわれなくて済みますし」

「……わかった。約束する」

「指切りでもしておきますか？」

来実は右手の小指を差し出す。思わず手ごと引き寄せ両手で包んでいた。手の中で彼女の手が固まる。

「……本当に帰ってきてよかった」

半年という条件だったが、掴んだ来実の手は、もう一生離さないと思っていた。

そのためにも、最後は必ず彼女の意思を尊重しようと思っていた。

だけど、来実の気持ちがきちんとこちらに傾いていない段階で俺は格好悪く嫉妬して、彼女に無理やりに近い形でキスをしてしまうことになる。

俺は来実と別れ、また病院に戻って休憩室に入るなり、激しく後悔していた。

「なんであんなことをしてしまったんだ……」

あんなこと、とは来実にキスしたことだ。

まだ完璧に受け入れてもらえていないのに、嫉妬心に駆られて彼女の唇を奪った。

よく思い出してみれば、独占欲丸出しの言葉も放った気がする。

「はぁ……」

再会した日、彼女の顔を見たら、もう絶対に離したくないと思った。だから、今度こそちゃんと、彼女との関係をゆっくり積み上げようと思っていた。

——そのはずなのに……。

実際に会ってみたら、当たり前だが彼女の周りの環境も変わっていて焦りも出てくる。特に栗山という男は危険だと思った。少なくとも彼は来実に好意を持っていたから。

その存在と四年間募った思いのせいで、醜《みにく》い嫉妬心が抑えられず、自分でも思ってもみない行動をとってしまった。

もう一度ため息をついた時、休憩室に顔を出したのは、高梨《たかなし》病院長だった。

今も大学一の情報通の異名は健在で、東京都大から他の大学病院の情報までいち早く知っている人だ。知り合いが多いせいか勝手に情報が入ってくるという。

白髪を後ろに流し、身長は百七十二センチほどだが、まっすぐ伸びた背でそれより高く見える。どうしても前傾姿勢になりがちなオペが多いので、普段は後ろに手を組んでいると本人も言っていた。

「どうした、猪沢くんがため息なんて珍しいな。早速オペ続きで疲れているか？」

「高梨病院長。お疲れ様です。いえ……オペは問題ありません」

「すまなかったね。こちらに来て早々から色々駆り出してしまって」

「それは構いません。先生には随分お世話になりましたし、ご恩をお返しできればと思っています」

「まぁ、私としても、安心して任せられる医師がいるのは助かる。先週の膵頭十二《すいとうじゅうに》指腸切除術《しちょうせつじょじゅつ》も素晴らしかった。直接ロバート教授の指導を仰いだだけはある。あのスピードでこなせる若手は今の日本には誰もいないだろう」

「恐れ入ります。しかし、……なんだか褒められすぎという感じもしますが、まさか何か頼み事ですか」

俺が聞くと、病院長は悪びれず笑った。

「ハハ、バレたか。一月の日本医学会のシンポジウムなんだが……誰か出られないかと頼まれていてね。出てくれないか」

「私のような若輩者が講演できる場ではないと思っていますが……」

最近は若手でも海外で研究してきたものが発表する場合はあるが、あまり例がない。さらにそれには恐ろしく準備時間がかかるという難点もある。

病院長は軽々「ハハハ、できるさ」と言った。

「それが成功すれば、私も君を四月から准教授に推薦しやすくなるしね。……結婚相手のことで明鳳大《めいほうだい》のお父上とやりあったそうじゃないか」

思わず病院長の顔を凝視した。

情報を知るだけでなく、相手の弱みを握って断らせない姿勢は、この人から学んでいる気がする。

俺は「そのお話、謹《つつし》んでお受けいたします」と頭を下げた。

居場所

——もう俺以外、見るな。

何よそれ。あんなことを言われて、キスなんてされたせいでもう完全に寝不足だ。私はいつまで修の言動に振り回されるんだろう。

朝、研究室に行くと、栗山先生が研究室の机の下の寝袋から顔を出した。研究が忙しくなると泊まる場合もあるけれど、昨日は一度家に帰っているはずだ。

「お、おはようございます。昨日、こっちに泊まったんですか？」

「あぁ……眠れなくて夜に来たんだ」

「そうですか」

「あのさ……」

一瞬、栗山先生が何か言いかけた時、鈴鹿先生が軽快に研究室の扉を開けた。

「栗山先生、来実ちゃん、おはよう！」

「おはようございます」

「来実ちゃん、学生指導の後で研究を進めたいんだけど、A081〜100の様子はどう?」

大学で管理している動物たちには名前がない。管理番号で管理されていて、間違いのないようになっている。今回の場合は、A081〜100までのラットの話だ。

「良好です。採血できると思います」

「じゃあ、お願いしてもいいかしら。DNAサンプルまでできると助かるんだけど……」

「はい、もちろん」

DNAサンプルとは血液細胞からDNAを抽出しておく作業のこと。この抽出作業をしなければ、遺伝子解析などの研究はスタートできない。

「本当に助かるわぁ! じゃ、会議に行ってくる!」

「大丈夫? 手伝おうか」

栗山先生が心配して声をかけてくれたが、「大丈夫です」と言った。

私の仕事は生体管理だが、もともと生物学科出身という事情もあり、実験動物の扱いも心得ていた。たくさんの事例に当たれたのは、ここの研究室に来てからだけど、自分が学んできた知識も生かすことができて、好きな仕事をさせてもらっている。

先程まで悶々《もんもん》としていたけれど、仕事に向かうと意識が切り替わった。

私はすぐに動物飼育室に向かった。少し寒くなってきた今も、この部屋は常に快適な温度に保たれている。

通常、どの大学でも、大学で管理している動物に関しては細やかに厳しい規定が決められていて、昔のドラマであるような、劣悪な環境の中、動物が閉じ込められて無残な実験をされている……なんてこともなく、温度・湿度・清潔、すべてが保たれた状態で徹底管理されている。

さらに、採血に関しても動物によって採血していい量も健康に配慮してそれぞれ決まっていて上限を越えてはならない。

指定されたラットの様子を確かめると、みんな元気そうだ。

実験台のある部屋までラットのケージを持ってきて、注射器と注射針、脱脂綿と、サンプルを入れる容器を準備した。それぞれ準備ができたら一匹ずつプラスチック製の筒状の固定容器——保定器に固定する。ラットも嫌だろうから、ここから素早く作業をする。

後ろ足の付け根の関節の上を少し指で押すと静脈が見える。細い針をそこに入れ、血液を抜いた。素早くすれば、時間にして一分もかからない。動物も何をされるのか怯えているので、なんとなく声をかけてしまう。

「ごめん、すぐ終わるから」

終わってすぐ注射跡を脱脂綿で拭いて、特に問題ないことを確認すると、そっと抱き上げてまた小屋に戻す。ラベルに番号を書いて一匹分は終わり。それを二十四分だ。みんな慣れてきたのか、私も慣れてきているからか、すぐに作業は終わった。

急ぎの作業があるので、一旦彼らを飼育室の棚に戻して血液サンプルを研究室まで持ち帰る。すぐに不純物を除去し、遠心分離器にかけて、ＤＮＡの抽出作業に取りかかった。

せっかく動物たちが協力してくれているのだから、無駄なく、きちんとした結果を出さないと。分離ができたら、必要な上澄《うわず》み部分だけを取り分け、そこにエタノールを加えてＤＮＡが沈殿するのを待つ。沈殿までは大体一時間ほどだ。

その間に、さっき採血した子たちの様子を再確認し、給餌《きゅうじ》などの世話をする。みんな元気で食欲もあるので安心した。

そろそろできたかな、と思って研究室に戻って見てみると、うまく分離していてそれをまた遠心分離器にかけた。

バッファーといういわば緩衝液に溶かして、サンプルが完成だ。片付けや手洗いなどを徹底して終了となる。

気付けばお昼も取り忘れて集中していて、二時近くになっていた。

ちょうど研究室に戻ってきた鈴鹿先生が目を見開いた。

「えっ、もうできたの！　本当にありがとう。後はまとめる時に手伝ってほしいわ」

「もちろんです。あの……お昼に行きそびれてしまっていたので今から行ってきてもいいですか？」

「もちろんよ。しっかり食べてきて。あ、いただきものなんだけど、これ使って」

鈴鹿先生に差し出されたのは、食堂のミールカードだった。

「やった、ありがとうございます」

「ふふ、本当はがっつり焼肉でもおごりたいくらいなんだから」

「十分ですよ。ありがたく使わせていただきます」

ミールカードは、学食で食事をできる券。七百円までの一食分が食べられる。金額内ならただで、超えれば自分で足して払う感じだ。

学食は全体的に安価なので、七百円もあればサラダもデザートもつけられる。ウキウキして、学食に向かった。

昼を越えた学食は人が少なかった。常時開いているが、やはり昼時とは随分混雑具合が違う。時間のせいで売り切れになったメニューもあるが、基本的な定食メニューはそのままあり、私はサバ味噌定食に学食名物サラダ。それとデザートにミニケーキもつけた。

ちなみにサラダがなぜ学食名物かと言うと、お皿に一度だけ取り放題だからだ。学生は皆それぞれ限界まで盛り、それをＳＮＳで自慢し合ったりしている。レタスとキャベツの千切りにコーン、周りには飾るようにブロッコリーを敷き詰めた。合計六百九十円になり、我ながらすごいな、と思った。

ほくほくで席の方向に向かうと、そこで栗山先生が食事をとっていると気付く。先生の前まで歩いた。

「お疲れ様です。ここいいですか？」

栗山先生は顔を上げ、少し驚いた顔をした後、微笑んで目の前の席をさす。

「もちろん。今日は昼が遅かったんだね」

「先生こそ」

「僕は今日は学生指導もあったからね」

頷いて席に着くと、「いただきます」と手を合わせて定食のサバの味噌煮を口に含んだ。

「僕も同じサバ味噌だよ」

「ひとり暮らしだと学食でバランス取るってところもありますもんね。でも学生時代は毎回学食で揚げ物ばかり食べてました」

「あ、それも同じ」

私が笑うと、先生も笑った。その穏やかな雰囲気に、意を決して「あのっ」と声を上げた。

また同時に栗山先生も声を上げたらしく、ピッタリふたりの声が重なる。ふたりでふっと笑って少しあった緊張がほどけた。

「夏目さんからどうぞ」

「あの、昨日は、猪沢先生がごめんなさい」

私が頭を下げると、栗山先生は「いいよ」と言った。

「本当に猪沢先生と結婚するの？」

「は、はい……」

「知り合いって言っていたけど、恋人だったたってこと？」

私は唇を噛むと頷いた。

「いつから?」

「えっと、ボストンに行く前に付き合ってて……それで一度振られて別れたんです。でも、帰ってきてからまた」

下手に嘘をつかず、ある程度真実を混ぜて話した。そもそも嘘をつくのは得意ではないからだ。

「帰ってきてからほとんど時間も経ってないよね」

「そうなんですけど。昔から知っていたので、なんていうか……話が早かったと言いますか」

(黒歴史で脅されたのもあるし……)

私がしどろもどろになりだすと、栗山先生は困ったように頭を掻く。そして私の目を見た。

「……僕は、夏目さんが都合のいい女になっていないか心配なんだ。結婚って、大事なことだろう。僕は、夏目さんには、本当に夏目さんが好きで、夏目さんを大事にしてくれる男性と結婚してほしいって思っていたから……」

「え……」

栗山先生の突然の宣言に驚いた。それはつまり、父親みたいに心配してくれていたという話だろうか？

自分の言ったことを訂正するように、栗山先生が胸の前で手を振る。

「ほら、僕は同じ研究室の人間として、ただ、心配しているだけで……」

「先生、ありがとうございます」

再度頭を下げた。私が色々迷っているから栗山先生を心配させてしまったのだろう。

意を決して顔を上げて先生を見た。

「でも、婚約に関しては自分できちんと決めたことですから」

それは間違いない。私は半年だけ、修の婚約者のふりをすると決めた。

彼が真摯に頼んできて、どうにかしたくなったからだ。

――来実。本当にすまなかった。俺が早く気付いていれば……。それに俺がいても何もできなかった。

祖父が亡くなった時、修は本当に辛そうな顔をして、言葉に後悔もにじませていた。

祖父が亡くなった後の彼は、祖父が亡くなった原因になったすい臓がんの研究と治療にのめり込み始めた。それを見ていれば、誰にでも彼の真意がわかる。

――だから偽装婚約なんてめちゃくちゃな提案に乗った。

それに……半年の偽の婚約者期間が終わればもう修には付きまとわれなくていいの

だから、私にもこの偽装婚約はメリットがあるはず。そう思って納得したのだ。

次の週には、十月に入った。

彼は講義や診察も本格的に始まり、あまり薬学部の方に顔を出さなくなって私は安心していた。

あのキスはなんだったのだろう、というモヤモヤはもちろん残っていたけれど……。

その日の終業時間直前、実験シャーレの後片付けをしていると鈴鹿先生が私の隣にやってきた。

「来実ちゃん、ちょっといい？」

「はい、なんですか？」

鈴鹿先生はニコッと笑い、それから明るい声で告げた。

「あのね、正式にうちの研究員にならない？」

「……え？　正式にって……正規職員というお話ですか？」

「そうよ。今、来実ちゃんはアルバイトでしょ。どうにかして正規雇用にできないか考えてたの。来実ちゃん、理学修士も取っているし、条件的にはうちでも正規雇用もできると知って、事務にもこっそり相談してた。薬学の教育教員にはなれないけど、助手にはなれるってさ！　来実ちゃん真面目だし、正直これで任期が切れていなくなったら困るなぁって思っていたの」

予想もしていなかった話に戸惑った。今はアルバイトとして雇用されていて、その任期は三年。

今年度末でその任期は切れる。再雇用もあると聞いていたが、不安定な立場であるのは間違いない。

ただ、私は自分が大学では正規職員になれないと諦観していた部分もあったので、そういう道を調べもしなかったし、考えたこともなかった。

鈴鹿先生のその言葉を聞いて、私の心にじわじわと嬉しさがこみ上げてきた。

「あ、ありがとうございます！」

「結論はすぐ出さなくていいからゆっくり考えて」

「はい。本当にありがとうございます」

ぺこりと頭を下げる。なんだか夢を見ているんじゃないかって、そんな気分だった。

最近ずっと修の件でモヤモヤしていた気持ちが一気に晴れた気がした。

終業後、少し残業した後の帰り道もまたニヤニヤしてしまっていた。

昔から生物が好きで、この大学の理学部生物学科で生物分子遺伝学を専攻した。ただそんな人間の就職先はあまりなくて、あっても動物とは関わらない職場ばかり。私はどうしても専門に関する仕事をしていたかったので、当時の教授の提案もあり薬学部のアルバイトをすると決めた。

だから鈴鹿先生の話も、私にとってとてもありがたいものだった。またニヤニヤしていたら、後ろから聞き覚えのある男の声が聞こえた。

「おう、今帰りか」

「修……」

声だけで一気に晴れた気分が台無しになった。振り向くとやっぱり修だ。彼は私の顔を見て苦笑する。

「そう、嫌そうな顔をするなよ」

「だって嫌だから。この前は、私に何したか覚えてる?」

「あれは……本当にすまなかった」

修が立ち止まり、本当に反省した様子で頭を下げて言った。まさかそんなふうに謝られるとは思ってなかった。それに、こんな彼を見たことがなかったのでかなり驚いた。

先程まで自分が浮かれていたのと、修の意外な様子に、もう許してしまおうと決める。

「いいよ。もう……」

「許してくれるのか？」

「許すも何も、時間を戻してって言っても無理よね。でも、もう勝手にあんなことしないで。もし次にしたら、半年の偽装婚約者の話も白紙に戻して、修のお父さまにも、婚約者じゃありませんって言うから」

「あぁ。ありがとう」

安心したように修が微笑む。その顔に不覚にもきゅんとしてしまった。すぐに、なんで勝手にきゅんとしているのだ、と自分の心を叱咤《しった》した。

彼は私の顔を覗《のぞ》き込んでくる。

「ところで、機嫌よさそうだな。何かあったのか？」

「あの……」

少し悩んだけど、嬉しくてつい口を開いていた。

「実は、鈴鹿先生に正規職員に誘われたの」

「そうか。よかったな！」

修の声がやけに明るい。見上げてみると、彼が心底嬉しげな顔をしていた。

私の胸はドクン、とひとつ大きな音を立て、その後も、ドキドキとうるさくなる。

つい視線を逸らしながら言った。

「でも、まだ返事はしていなくて」

「受ければいいじゃないか。来実がやりたいと思っていたことができるんだろう?」

「……そ、そうだよね」

「そうだよ。本当によかったな」

修は笑って私の頭を撫でる。その明るい表情から目が離せなくなった。

(なんでこの人は、私の朗報にこんなに嬉しそうにできるの? 変だよ。それに、今、やけに心臓が落ち着かないのも変……)

一瞬、修の唇が目に飛び込んできて、彼のキスを思い出し、慌てて視線を逸らす。

その時、彼が「そうだ、俺も話があるんだ」と明るい声で言った。

「修の方も何かいいことがあったの?」

「あぁ、俺の方もいい話だ」

もしかして修も准教授になるとか? 年齢的には早すぎるからまだないよね。

ワクワクしていると、彼は満面の笑みを浮かべた。

「半年一緒に住む部屋の契約と準備が終わったんだ。この週末から一緒に住むぞ」

「え……」

ただの婚約者のふりだと思っていた。そういえば何度か一緒に住むと言われた気がしていたけれど、それは口先だけではなかったのか……。

「な、なんで一緒に住まなきゃならないのよ！」

「婚約までしてるんだから、住まなきゃ偽装ってバレバレだろう。職場も一緒なんだし、大学の近くにしたから。これは決定事項だからな。来実の家の荷物はそのままでいいぞ。全部業者にお願いしてある」

「ええ……！」

私が批判的に叫んでも、修は、「楽しみだな」と声を弾ませているだけだった。

ふたり暮らし

修の的確な発注と指示で、あっという間に引っ越しが終わり、一緒に住み始めて一週間がたった。

彼と母との共同作業で以前住んでいた場所もあっさり解約され、業者もやってきて運び出し作業が進めば、もう止められなかった。

ちなみに引っ越したその日の夜、私の両親だけでなく、修の両親まで含め、顔合わせと称した食事会をした。彼の父親は少し表情が硬かったけれど、母親同士はムードもよく、私も彼の助けで何とかその場を乗り切った。

『これで、私の仕事はほとんど終わりじゃないの？　引っ越しまでする必要があった？』という疑問を修にぶつけてみたら、『必要に決まっているだろう』とばっさりと言われた。

新居は薬学部から少し離れるものの、駅前に近く便利な低層マンションの最上階。中は４ＬＤＫで、ふたりで住むには十分な広さだった。それぞれの部屋もあって、そこだけは安心した。

朝、ノソリと起き上がってリビングに行けば、ソファで眠る修を見つける。

「こんなところで寝てる……」

しかもワイシャツのままで、手には何か書類を持っている。そっと取ってみれば、来年行われる大きなシンポジウムに関するもの。

（もしかして、これに参加するの？　診療も講義もあるのに？　忙しすぎない？）

一緒に住んでいてもほとんど帰ってこず、帰ってきても夜中で早朝には家を出ているみたいだ。一緒に住んでわかったが、本当に同棲していると信じられないくらい顔を合わせない。

半同棲していた四年前より忙しくなっているように見えた。

（だからか修が日本に帰ってきてから、修が寝てるのって初めて見たかも……）

正直、大学の仕事だけでも大変だろうに、病院や救急までよく身体が持つな、と思う。

すごい仕事だと思うし、尊敬だってしている。

自分が大学で働きだして、大学の先生たちを職場のメンバーとして見だしてから、余計にそう思うようになっていた。講義や打ち合わせ、業者対応、ゼミの学生指導に自身の論文、学部系と学科系の会議に委員会の会議。大学病院の先生は、さらに診療やオペも加わる。

「四年前の修も忙しかったんだよね……」

修にボストン行きを教えてもらえなくて、さらに『来実に来られても迷惑でしかない』とはっきり言われてショックしかなかったけれど、確かに何もできない自分が彼についていったところで邪魔なのは間違いない。

そんなふうに本心で思えるのは私自身も変わったからだ。

四年前の私はそれがちゃんとわからなくて、ただ不安だった。やっと繋がったふたりの関係が離れたら終わっちゃうみたいで、なんとしても修の近くにいたかったのだ。

(それに、彼女ではないって隠されていたショックもあったし……)

昔を思い出して落ち込んでいると、一緒に引っ越してきたアデニンがカサコソと音を立てた。黒くて丸い瞳は明らかに『そんなことよりもご飯をくれ』と言っている。

思わず笑って、アデニンの水とご飯の用意をしてから、人間の朝食の準備に取りかかった。

いつも朝食はトーストを焼くだけだけど、今日は白米に具だくさんの味噌汁、焼き魚と卵焼きにお漬物を用意した。

別に修がボストンから帰ってきたから日本食を……のような深い意図はない。ただ、自分が食べたかっただけだ。

ちょうどできたところで修が起きて、彼がシャワーを浴びてから、テーブルで向かい合って朝食をとる。朝の光の中で修といるだけで、胸が逸るのを感じる。

彼は一口食べると微笑んで私の方を見た。

「うまいな。日本に帰ってきたんだなって思う」

「そう？　……よかった」

私は黙って目の前の朝食を食べ続けた。そして時々、修の方を盗み見る。彼は幸せそうに食べていて、それを見て思わず私も口元が緩んだ。

（そうだよね、四年も日本を離れていたんだし……それに今は偽装でも婚約者だし、これくらいするのはいいよね）

なんて、自分に言い訳がましくなってしまう。

食事の後、出勤する準備をしていると、「俺もまた出勤だから送る」と修が言い出した。

家は前ほど大学に近くないが、歩いていける距離だ。修だけは急な呼び出しや夜勤もあるので、車通勤許可が下りている。

「えぇっ、いいっ。ひとりで行く」

私の言葉に修の眉がピクリと動き、「なぜ?」と低い声で問われた。

「だって、一緒に行くとこを見られたら嫌だもん」

「大学中のやつに見せてやれ」

不機嫌に言われて、そこから無理やり車に押し込まれた。忙しいのはよくわかったけど、彼は今も自分勝手だ。


そしてそれからは修が朝にいれば一緒に食事をとるようになった。

修との同居に不安がないわけではなかった。だけど、それよりも、彼が忙しくしているのを近くで見ていて心配になる。

一度、『忙しすぎない?』と聞いたら、『ボストンより断然マシだ』と修は言い放った。

『それにこっちには来実もいるしな』

そんな言葉まで軽々と加えてくる。

彼はまた私を懐柔しようとしているらしい。祖父も、私の家族も、そしてアデニンさえも懐柔した人だ。

もう本性はわかっているし、今度こそ懐柔されない、と強く思っても、そういうことを言われるたびに、自分の心が不安定にグラグラ揺れているのを感じていた。

私の仕事が休みの日も修は仕事で、朝食だけ一緒にとって出勤していった。

修がハンカチを忘れていたので、それを届けに玄関まで向かい、出ていく彼に思わず「いってらっしゃい」と言ってしまった。

嬉しげに微笑まれて、「いってきます」と返される。

そのせいで、また動揺してしまった。なんで自分勝手なくせに、私が何か言うと、いちいち笑顔で返してくるのだろう。

（うまく懐柔できてるとか思ってる？　それとも……）

色々考えると落ち着かなくなってきたので、さっと家事を済ませ、大学の図書館で勉強しようと決めた。

大学内にはキャンパスによって三つ図書館があって、そのうち理学部のあるキャンパス内にある一番大きい総合図書館の方に行こうと思っていた。

新しい自宅は駅前に近いのもあって、一本のバスに乗れば理学部のあるキャンパスに到着する。案外便利だからまた来よう、と思いながらキャンパス内をまっすぐ歩いた。

正門から十分ほど歩いた先に、赤いレンガ造りの大きな五階建ての建物が見える。これが総合図書館だ。中に入ると、図書館特有の古い本の香りが鼻につく。入館証代わりの職員証で入場した。大きな受付カウンターの中には、土曜だというのに三名のスタッフが在中していた。

カウンターの前を通り、背の高い書架の前を足早に歩く。先に最新の雑誌をざっと見ていこうと思い立った。

学術系の雑誌が並ぶコーナーの中で、ある雑誌に目が行く。その表紙には、ロバート教授が微笑み、中にはインタビュー記事が掲載されているようだ。

手に取り、中をパラパラと捲《めく》って見ていると、少し前に発表された特定遺伝子を持つ患者のすい臓がん治療に関する研究について、ロバート教授本人がインタビューで語っている記事が掲載されていた。

教授自身、祖母をすい臓がんで亡くし、それが研究を始めたきっかけだったらしい。そしてその記事の最後に、【ここには世界各国から優秀な若手医師が集まる。年齢も国籍も違うが、自分と同じようなきっかけで研究を始めたものもいる。技術をつけ、研究を進めることだけに心血を注ぐ若手研究者を近くで見るたび、これからの医療がさらに進歩していくのが目に浮かぶ。今は〝生存率が低い病〟として名高いすい臓がんも、いつか〝根治できる病〟になっていくだろう。そうなるように私も指導していきたい】というような内容が綴られていた。

研究チームの写真が一緒に載っていて、中に修も写っていた。他の医師は笑顔も浮かぶ中、修はにこりともせず真剣な表情だ。私は写真の中の彼から目が離せなくなってしまった。

数分後、ハッとして雑誌を閉じて棚に戻した。それから三階で目的の専門書を借りると、五階の自習室に向かう。自習室は八人掛けのテーブルが部屋いっぱいに並んでいる場所だ。

今日は学生が多く少しザワザワとしていた。奥の席に腰を下ろし、またあの写真を思い出して、すう、と息を吸う。

それから本に向かうと、周りの音はなくなった。

よほど集中していたらしい。気付いた時には、閉館前のチャイムが鳴った。

間に一度食事をとり、お手洗いに立った以外はずっと専門書を読みふけっていた。学生時代にも読んだはずなのに、薬学部で勤務し始めてもう一度目を通してみると新たな発見があるものだ。これから鈴鹿先生の研究を手伝うのにも役立つような気がする。

思っていた以上の成果に、スキップしたいくらいの軽い足取りで家まで戻り、料理を作る。

修はこちらで夕飯はほとんど食べないとはわかっているけれど、念のためふたり分作った。余っても、自分の明日の食事にすればいい。

シチューを煮込みながら、雑誌に載っていた彼の写真を再度思い出していた。

たぶんあれは一年ほど前の写真なのだろう。今みたいに明るい感じじゃなくて、真剣な顔だった。ざっと見た限り日本人は他にいなかった。そんな場所で修は四年間戦ってきたのだ。

心がぎゅっと締めつけられるような感覚を覚えた。

「帰ってきた時、もう少し優しくしてあげればよかったかな……」

今更〝おかえり〟も言えなかったことを後悔する。

「でも、とんでもないもので脅してくるし、仕方ないよね……」

ぽつりと呟いて、ハッと気付いた。

今、修は部屋にいないし、たぶん今夜も帰ってこない。毎日掃除をしているからわかるけど、彼の部屋は鍵がかかっていないのだ。

(そうだ! 今のうちにあの黒歴史の〝婚姻届〟を見つけて捨てちゃおう!)

我ながらいいアイデアだ。〝あれ〟さえなければ、別れた後も修に好き勝手させなくて済む。それにとにかく、あの【修、一生大好きだよ!】という浮かれた付箋が何よりも恥ずかしいのだ。

よし、と小さく意気込んで、修の部屋にこっそり忍び込む。修の部屋はベッドと机、あと本棚があるだけのそっけない部屋だ。入ってすぐに彼の匂いがして、やけにドキドキとしてしまった。

婚姻届に関しては探る場所も少ないし、すぐに見つかる気がした。早速、机の横の引き出しを開けて探ろうとするなり、一枚の写真が置かれているのが目に留まる。

「なんの写真だろう?」

後ろ向きだったので、くるりとひっくり返すと、私が大学の正門の前でにこりと笑っている。

(これ、大学入学の時に、修が撮ってくれた写真だ……)

目を細めて嬉しそうに写る私は、目の前の修に写真を撮ってもらっているのを心から喜んでいた。純粋な目。修のこと、大好きで全面的に信頼しているって目。

――この時の私は、修に恋して、子どもみたいに修を信頼しきっていた。

修がボストンにひとりで行くって言った時も、私が無理にでもついていけば、きっと連れていってもらえるなんてバカみたいに信じていた。やっぱりあの時の私は子どもだったのだ。修は修で必死だったのに……。

(そんな私を、修が好きにならなかったのも無理ないよね)

私がそう思った時、「何をしている」と後ろから低い声が聞こえた。

「ひゃっ……!」

思わず手元の写真を元あった場所に戻して引き出しを閉めた。振り向けば、もちろん修だ。

彼は不機嫌に眉を寄せ、私を見下ろしていた。固まったままの私を見て、きっぱりと口を開く。

「婚姻届ならここにはないぞ」

(婚姻届を探していたのは、しっかりバレてますね……!)

どうしてなんでもお見通しなんだ、と文句を言いたくなるけれど、こっそり探していた自分の方が分が悪い。

気まずさもあって、若干逆切れ気味に聞いてしまった。

「じゃ、じゃあ、どこにあるのよ!」

「……そんなに俺といるのが嫌なのか」

修が低い声でそう言って驚いた。

彼と視線が絡む。怒っているように見えていたけれど、いつもまっすぐな黒い瞳が、少し揺れているように見えた。慌てて首を横に振る。

「い、嫌なわけじゃなくて……でも、やっぱり弱みを握られてる感じがするし、あと純粋にあれは恥ずかしいの！」

その言葉に修が目を見開く。珍しく驚いてるって顔だ。

「な、何よ……」

「来実は、俺と一緒にいるのは嫌ではないのか？」

ストレートに聞かれて戸惑った。

でも確かにそうだ。無理やり同棲させられてみれば、彼と一緒にいるのは嫌なわけではなかった。本当に悔しいけどそうなのだ。

「……別に嫌じゃないよ」

思わず言ってしまうと、修が安心したように「よかった」と笑った。その明るい声と表情に、心臓がひとつ跳ねる。目が離せないまま固まる私の頭を修は軽く叩いてまた微笑む。

そんな嬉しげな顔をしないでほしい。

――そうでないと私、またあなたを好きになってしまう……。

うまく返す言葉が見つからない。ふいに修と視線が絡んだ。また心臓が大きく跳ねて、その後もドキドキして止まらない。

(もしかしてキスする?)

なぜかそんなふうに思う。

この胸の高鳴りが、緊張なのか、それとも期待なのか自分でもわからない。

ぎゅっと目を瞑った時、彼は私から離れ、「シャワーを浴びてくる」と言って部屋を出た。

女子会と本音

次の週、私はずっと落ち着かなかった。

修が『シャワーを浴びてくる』と言って離れた後、私は少なからずがっかりしていたと気付いてしまったからだ。

一緒に暮らして二か月が経とうというタイミング。いくらなんでも、修に絆されるのが早すぎないだろうか。自分で自分が情けなかった。

それでも仕事に入ればなんとか業務はこなせた。生き物と関わる以上、そこは切り替えるしかなかった。

しかし、それ以外の部分でミスを起こしていた事実に気付いた。ある程度まとめていた実験データを最終的に保存せずに消してしまっていたのだ。もちろん、再度作り直しだ。

そんなミスをなんとかリカバリーした金曜の夕方、終業後に鈴鹿先生に謝っていた。

「本当に申し訳ありませんでした」

「いいのよぉ。でも、次からは気を付けてね」

「はい」

鈴鹿先生が許してくれたからこそ、さらに自分が情けなくなった。鈴鹿先生にも『正規職員の話をお受けしたいです』と返事した後だったし、余計だ。

鈴鹿先生は私の頬を軽く叩く。

「もう、そんな暗い顔しない！　ミスはいけないけど、動物の命に関わるようなミスでもないわけだし、今度から気を付ける。それだけでいいの」

「ありがとうございます」

再度頭を下げた。そんな私の顔を先生は覗き込んだ。

「で、何かあったの？　結婚前提の同棲、始めたんでしょう？　住み始めって色々あるわよね。でも、先に同棲して結婚できるか確かめるっていいわよ。私なんて結婚する前に同棲してなかったから意外な癖とか後で知って驚いたのよね」

「どんな癖ですか？」

「着替える時にぜったい靴下からはくの。小さなことだと思うんだけど、毎日だと気になるものよぉ」

鈴鹿先生は笑う。それが出てくるあたり、仲のよい鈴鹿夫妻が垣間見えた。

「でもさ、同棲始めた時期ってもっとこう、ウキウキしてない？」

「一緒に住むのが嫌っていうわけじゃないんですけど、戸惑う場面も多くて」

修と話していると、絆されていっているのがわかって嫌だ。というかもういよいよ危ない。このままでは半年もこの生活を続けられる気がしない。

「とにかく、何かあればふたりでちゃんと話しなさい。素直に好きなものは好き、嫌なものは嫌って言えばいいのよ」

軽く私の肩を叩き、先生は微笑む。

「正規職員の件もありがとう。私もできる限りサポートもするから。猪沢くんだってそのつもりだそうよ」

いつの間にそんな話まで修としていたのだろう。私が戸惑っていると、鈴鹿先生は右手の人差し指を立てた。

「そうだ。今日うちに飲みに来ない？　とりあえず正規職員になるお祝いと結婚のお祝い第一弾。夫も今日は出張でいないし。うちで飲み明かしましょう！」

これまでも研究室での飲み会は参加していたけど、ふたりで、しかも先生の家でなんてなんだか恐れ多い。

「あ、ありがとうございます。でも……」

「あと、来実ちゃんも正規になるし、せっかくだからもうひとり呼んで女子会しましょう！　猪沢くんは口うるさそうだから、私から連絡しといてあげる。私から言えば頷くしかないでしょ」

先生の弾丸のような勢いに、少し怯んだまま頷いた。

鈴鹿先生の家は私の今住むマンションにほど近い一軒家だった。

案内してくれた鈴鹿先生は「築五十年なの、すごいボロでしょう」と笑った。確かに古風だが、広くて丁寧に手入れされているのがよくわかる家だった。

鈴鹿先生は私を押し込むように家の中に入れると、ウキウキと冷蔵庫の中から、チーズやら生ハムやら、ビールやらワインやらを取り出す。

母親とほとんど同年代のはずなのに、こうして楽しげに飲み会の準備をしているところはまるで年下にすら思えるから不思議だ。そうしているうちにインターホンが鳴る。

「来実ちゃん、出てぇ」

「は、はい」

玄関まで行って玄関ドアを開けると、私より少し年上であろう美しい女性が立っていた。絹のような綺麗な髪に、整った目鼻立ち。優雅な立ち姿だが、明るい表情が親近感を覚えさせた。

「初めまして、じゃないわよね？」

「あ、芦屋《あしや》先生！」

驚いて目の前にいる芦屋美海《みう》先生を見つめる。

芦屋先生は、東京都大学の理学部、そして院の博士課程修了後、そのまま理学部の研究機関に勤務している先生だ。

美しいうえ、そのさばさばした性格は、男子学生だけでなく女子学生にもファンが多い。もちろん、私もこっそりファンだ。

芦屋先生はにこりと微笑むと、「久しぶりねぇ」と言った。

私は芦屋先生に学生時代にお世話になったことがある。専門分野は違うのだけど、学部生時代にした臨時研究補助員のバイトが芦屋先生主導の研究だった。

「お久しぶりです！　驚きました！　おふたりはお知り合いだったんですね」

私が驚いていると、鈴鹿先生がリビングから顔を出す。

「うちの大学の『女性研究者の会』ってやつの会長が私。それで、芦屋は副会長ね。今、会員は十名いるわ」

「そうなんですか」

芦屋先生は慣れたようにそのままリビングまで進んでいった。私はそれについていく。

すると芦屋先生は、手に持っていた紙袋をテーブルの上に置き、そこからワインを取り出しながら口を開く。一本、二本、三本……。

「女性研究者だけの講演とか懇親会とか、どこの大学も大抵あるのよ。最初は大学主催だったんだけどね、すぐに鈴鹿先生と意気投合して真の『女性研究者の会』を作ったの。ま、つまりは『飲みたい女性研究者の会』ってだけなんだけど」

四本、五本……。

どれだけ出てくるのだろう……。と疑問に思ったところで、芦屋先生はやっとその手を止めた。

それを見てキッチンにいた鈴鹿先生は苦笑する。

「三人で五本って。うちにもたくさんあるって言ったでしょう。どれだけ飲むつもりで来たのよ?」

「まぁ、残ったらご主人と鈴鹿先生で飲んでください」

「だめだめ。あの人日本酒だけだし。また飲みに来なさい」

「そうですね」

そう言い合いながら、鈴鹿先生もいつの間にかテーブルに色とりどりのおつまみを並べ終わっていた。

なんなのだろう、この人たちの勢いと素早さ。雰囲気に押されるけど、見ているだけでも楽しい。

鈴鹿先生と芦屋先生は手早く準備を終えると、私にも座るように促して、三人でテーブルに着いた。

「来実ちゃんだって、これから正規になるんだし、うちの会員になりなさい！」

「いいんですか？」

「もちろんよ！　猪沢くんみたいな人の相手も大変でしょうし、こういう発散の場も大事よ」

そう言っている間に手元のワイングラスにワインが注がれている。

「かんぱーい！」

すぐに先生たちの明るい美声がリビングに響いた。私も慌ててそれに倣《なら》った。

——私は割とお酒に強い。少なくとも、芦屋先生や鈴鹿先生よりは。

隣に座っていた芦屋先生は、二杯目に入ったところで、すぐに顔がふにゃりと緩んだ。

前に座っている鈴鹿先生も三杯目の終わりごろから少し様子がおかしい。ふたりとも、お酒は好きだけど弱いらしい。

芦屋先生は、私を見て微笑む。

「私も、来実ちゃん、って呼んでいいわよね？」

「もちろんです」

「来実ちゃん、結婚するんだって？　しかも相手はあの猪沢先生」

「……あのって」

「そりゃ有名人だもん。大変よ、大学病院の医師との結婚なんて。ね、鈴鹿先生」

鈴鹿先生が何度か頷く。

「まぁ、病院って大学内でもちょっと特殊だからねぇ」

「白いなんとかみたいに権力争いばっかりなんでしょう。その点理学部はいいわよ。癖のある先生はいるけどそれだけだしさ」

芦屋先生はそう言いながら、おつまみの生ハムをつまむ。

「病院は他の学部に比べたら昇格もかなり難しいし、ある程度権力争いもあるけど、まぁ、別の意味でも大変よね……。患者さんと直接接するから精神的にも削られるし。

でも、猪沢くんのメンタルはハガネ以上だからなぁ」

鈴鹿先生が言うと、「確かに！」と芦屋先生がケラケラ笑った。私は思わず聞いてしまう。

「あの……教員同士での結婚生活ってやっぱり大変ですか」

「まぁ、諦めなきゃいけないところはあるわね。ほら、論文書く期間や学生指導が忙しい時ってほぼ被るわけだし。全部支えてあげるってわけにはいかないわよ」

「そうですよね……」

私が呟くと、先生は私にオリーブの実を差し出した。それを受け取り口に入れる。

「相手を支えるのもすごく素敵だと思うわ。でも、お互いの気持ちや立場を尊敬し合えればどんな形の夫婦でもいいのよ。それに猪沢くんは、来実ちゃんがしたい研究をするの、絶対に誰よりも応援していたいタイプだと思うけどな。だってそうじゃなきゃ——」

「そうじゃなきゃ、なんですか？」

「あっ……ううん、なんでもない」

鈴鹿先生が慌てたように手を横に振った。

「なんだか私も結婚したくなってきましたぁ～」

黙って聞いていた芦屋先生も突然言い出す。

「芦屋がそう言うなんて、珍しいわねぇ」

気付けばふたりはワインをまた飲んでいる。頭がふらふら揺れていて、もう酩酊《めいてい》状態だ。そんな時、芦屋先生が隣から私の腕を掴む。

「ね、ね、猪沢先生のどこが好きなの？」

「あ、それ私も聞きたい」

身を乗り出すふたりに苦笑して、私はワインを呷《あお》って考えた。

（修の好きなところ……か）

少し酔っているのもあり、つい口を開いていた。

「修は……昔から優しいんです。だからつい相手の顔色を見て、その人の望むことをしようって思っちゃうような人なんです。だけど、時々本当に嬉しい時は、クシャっと笑って、そういう笑顔を最初は好きになったんだと思います」

ふたりは興味深げに頷いている。鈴鹿先生が聞いた。

「そういえばふたりは幼馴染だったのよね？」

「はい。修は、昔、私のおじいちゃんに懐いていて、よく一緒に将棋をしていました。でも、おじいちゃんはすい臓がんを患っていて……。修は一番最初に異変に気付いたんです。でも当時まだ学部生で医師ではなかったので、病院をすすめたんですが……」

「もしかして見つからなかった？」

私は頷く。すい臓がんで、それはよくある話でもあるからだ。

地域の小さな病院では食欲不振や腰痛の症状は、大きな検査もせず、一般的な加齢に伴うものと判断されてしまう場合もある。実際まだ初期の段階では検査をしても、うまく見つからないこともあるくらいだ。

「修は『病院に行ったけど特に問題はなかった』って言うおじいちゃんの言葉を信じて安心して……。でも、それから少ししておじいちゃんが突然倒れてすぐに亡くなったんです。その時はもうかなりがんも進行してて、転移も多くて。修は自分が近くにいたのに何もできなかったって後悔してました」

「まさか、それで猪沢くんはすい臓がんの研究を？」

「本人はそれが原因だとは言いませんが、やっぱり私はきっかけっておじいちゃんだと思うんです。だって、それからすい臓がんの研究や事例に熱心になったから……」

「え、やめて、そういう感動しちゃう系の話。泣けるから～」

芦屋先生が泣き出した。私は慌ててハンカチを差し出す。芦屋先生はそれで涙をぬぐった。

「私が東京都大学に入りたいって知ってからも、勉強見てくれたりもしてたし……、修は本当に優しい人なんです」

鈴鹿先生は、じっと私を見ていたと思ったら「やっぱり来実ちゃんって、猪沢くんがすごく好きよねぇ」と笑った。

「え……」

「ごめん。お手洗いに行ってくる。戻ってくるまでちょっとストップ」

鈴鹿先生はそう言って、席を立った。

私も手に持っているワインをグイっと呷りながら、泣いて隣で突っ伏してしまった芦屋先生を眺めていた。

話していてわかったけど、私は修のそういうひたむきな優しさが好きだった。

あんなふうに振られてもまた絆されているのは、優しい彼が、今も走り続けているのが間近で見ていてわかるから。

私の度量で支えるとは言えない。でも彼が悲しみに落ち込んだ時も、喜びを感じる時も、近くにいたいとは思う。修がこれまで、私が嬉しかった時に一緒に喜んでくれ、悲しかった時に悲しみを共有してくれたように……。

「これって、私はやっぱりまた修を好きになってるんだよね」

あの時、キスを期待してしまったのも好きだから。酔った頭で考えてみれば、結論はシンプルだ。

結局、別れた後も他の誰も好きになれなかった。そしてまた好きになったのが、修だったなんて……。

「ほんとバカ……」

そう言った時、「来実」と声が聞こえる。驚いて顔を上げると、リビングに修が入ってきたところだった。

（え……なんでいるの⁉ どこからいたの？ まさか今の聞かれてた⁉）

血の気が引いたが、修は顔色を変えず、「迎えに来た」とだけ言うと、優しく私を席から立たせ、私の鞄まで手に取った。

鈴鹿先生も戻ってきて、微笑んで言う。

「さっきちょうど猪沢くんが来てね。来実ちゃんは、泊まっていってもいいのよ？」

「すみません。でも、今日は連れて帰りたいので」

修はすぐに返す。そして、そのまま私を連れて鈴鹿家の玄関まで行った。見送りに出てきてくれた鈴鹿先生に頭を下げる。

「今日はありがとうございました。すみません、片付けもしないままで」

「いいのよ、どうせ芦屋が三十分くらいしたらまた起きて飲み出すんだから。週末だし、来実ちゃんはゆっくり休んでね」

「はい、失礼します」

家を出てすぐ、家の前につけていた彼の車に乗せられる。

「あの……」

表情を見ても怒っているわけではなさそうだ。でもさっきの言葉を聞かれていたら非常にまずい、と思っていた。

——これって、私はやっぱりまた修を好きになってるんだよね。

私は確かにそう呟いていたのだから。

部屋に戻った時、まだ少し酔いが残っていた。だけど、今はそれより、修といるのに落ち着かない。好きだって知られてしまっていたら、もうどうしていいのかわからない。

とにかく否定しようと思った。

「修……あのね、さっきの話なんだけど」

「俺をまた好きになってるって、本当なのか？」

彼が真剣な顔で聞いてくる。笑うでも、からかうでもない、まっすぐな表情だ。その顔を見ていると、泣きたくなる。

昔みたいに自分だけ好きだという気持ちを押しつけるのが、修を困らせて、最終的にはいいように使われてしまうとも、わかっていた。だから言えなかったし気付かないようにそんな気持ちから目を逸らし続けた。

でも結局、彼が好きな自分は消えてはくれなかった。最終的にはもう目を逸らせないくらい大きく膨れ上がっていた。

（修だって本当は私の気持ちをわかっていたくせに……）

そう思うと、少し腹も立ってくる。ぎゅう、と目を瞑って口を開いた。

「好きだよ。好きに決まってるじゃない！　おかしいでしょ。自分でもそう思う。私を捨てて出ていった人をまた好きとかおかしいとしか考えられない。修のせいなんだから……。修が帰ってなんてくるから……。帰ってこなかったらちゃんと忘れられた！」

叫び終わる前に、ぎゅう、と抱きしめられた。驚いて見上げると、修が安心したように笑っている。

ドクドクと大きな心音が伝わってくる。自分のものなのかと思ったら、彼のもののようだ。

「よかった……。また好きになってもらえて」

「な、何言ってるの」

「来実」

そっと頬に触れられ、それが顎に移動する。少し顎を持ち上げられて熱っぽい瞳が私を捉える。

「キスしてもいいか」

私に好きだと言わせておいて、それでキスしてもいいかって聞くなんて……この人は狡い。

そう思うのに、修の顔を見ていると、勝手に頷いていた。

「んっ……」

頷いた途端、唇が触れる。

あの時、急にされたキスと違って、優しく修の熱が伝わってくるようなキスだった。

そっと唇が離れる。彼と視線が絡むと、彼は決意したように口を開いた。

「俺も好きだ、来実」

ぶわ、と涙が溢れる。

昔、付き合っていたころも、彼はなかなか言葉にはしてくれなかった。

たった一言で全部許してしまいそうになっているなんて変だと思う。だけど、今、彼が少しでもそう思ってくれているならその言葉を信じたかった。

もう一度、どちらともなく唇が重なる。そのキスは次第に深いキスに変わっていく。

まるで底なし沼にはまったみたいに、深く深く沈んでいくような感覚に心地よく浸る。

きっとまた彼にはまってしまっているんだろうとわかる。

そのキスの後、修は私をまた強く抱きしめた。耳元で低い声で囁く。

「来実、もう我慢できない。……抱いていいか」

「……修なら、いい」

全部、修ならいい。私は彼に抱き着く。彼は私を抱き上げて、寝室に向かった。

寝室に入った時、昔こうして同じように過ごした初めての夜を思い出す。

すぐにベッドに横たえられ、また視線が絡む。そっと修の端整な顔が近づいてくると、自然と目を瞑っていた。

「んっ……」

触れるだけの軽いキスだ。

修の気配を間近に感じるとやっぱり恥ずかしくなってきて、ぎゅっと目を瞑ったままでいた。修はそれに意地悪も言わず、ゆっくり額に、瞼《まぶた》に、キスを落としていく。

最初はくすぐったい感覚も混じっていたのに、そのうち、キスされた場所がじんわりぬくもりを置いていく気がして、もっとしてほしくなる。

「もっと」

思わず言ってしまってから目を開けると、嬉しげに微笑んでいる修の顔。

からかうわけではない、優しくて幸せそうな笑みは、私の心を大きく揺さぶった。

どうして、そんな顔をするのだろう。

いつだって、怒っても何しても余裕の表情で笑っていた。だけど、今は違う……見た覚えもない彼の心底幸せっていうような顔。

「修……」

思わず手を差し出せば、するりと指を這わせて握ってくれる。すぐに唇がまた重なる。

口内を這い回る舌に自分からも舌を絡めていた。

「ふぁ、んんっ……！」

息すらしたくなくて、夢中でキスをしてしまう。すればするほど、飽きることはなくて、頭の中がトロトロになる感覚に堕ちる。

いつの間にかお互い何も身に着けない姿で、彼が私にのしかかっていた。大きな手が私の頬を撫でる。つい、その手に自分の頬を摺り寄せていた。

「来実」

目の前の修が優しい声で私の名を呼ぶ。途端に、涙がひとつこぼれた。

「怖い？」

首を横に降ったら彼が目を細めた。その顔を見て心臓が壊れたように動き出す。

「でも、もっと名前呼んで」

「来実、かわいいな……。これからも来実は全部俺のものだ」

修は思い知らせるように、ゆっくり丁寧に私を愛した。

「修」

「そうだ、今抱いているのは俺だ。来実も、もっと俺の名前を呼んでくれ」

頷いて、また「修」と呼ぶ。これで今度こそ、忘れようと思っても忘れられなくなるだろうと思った。

だけどそれでいいと思って、そっと目を閉じた。

最後のデート

次の日の朝。ベッドの上で目が覚めると、修はもういなかった。

「四年前と一緒……」

初めて一緒に眠った夜も、初めて抱かれた夜も、朝になれば、彼は仕事でいなかったと思い出す。小説だって漫画だって、愛し合うふたりの朝は、抱きしめられて目が覚めるのがセオリーだ。私はそれをしたことがない。

昨夜は好きだって言ってくれたけど、ただ抱くための口先だけの言葉だったらどうしようと不安になってきた。

いや、ただ修は本当に忙しいだけだ。いつだって呼び出しの電話を受けている。慌てて頭を横に振ってその不安をかき消した。

ふいにベッドサイドのチェストの上に、かわいげのない黄色の付箋とペットボトルの水を見つけた。

付箋には、【昨夜は無理をしたからゆっくり休んでいて。声も掠《かす》れていたから水も飲めよ。修】と彼の綺麗な文字が書かれている。

文字を見た途端、きゅうん、と胸の奥が音を立てる。

——これからも来実は全部俺のものだ。

ふいに真剣な顔をした修を思い出して、胸の鼓動は収まらなくなる。

たった付箋一枚。だけど、それをきゅ、と手の中で大事に包んだ。


それからクリスマスや年末はお互いにバタバタと過ごした。東京都大学は職員たちの冬期休暇前ぎりぎりまで講義も学生対応もあり、休業前は教員も事務も忙殺される。病院は救急搬送数も増える時期で、さらに忙しそうだ。

年始に入って、修はシンポジウムの講演のための準備が大詰めになりほとんど大学に泊まり込みになった。

全然会えなかったけど、ボストンの時とは全く違う。

私は彼も頑張っているのだろうと思いながら、自分もいつも以上に仕事に没頭し続けた。それがあまりに必死だったのだろう。ある日、鈴鹿先生がもう一度飲みに誘ってくれた。ふたりで少し飲んだら気が和らいだ。

不安がないわけじゃない。でも、前よりは自分のいる場所にきちんと立って、彼を応援できている感じがしていた。

一月の最後の日曜日。やっとシンポジウムが終わり、夜に帰ってきた修は少し酔っていた。

「修、大丈夫?」

「来実、ただいま……」

「わっ……」

そのまま修が玄関で出迎えた私に抱き着いて、支えきれず彼と倒れ込んだ。私は、いつもは撫でることなんてできない彼の頭をそっと撫でた。

「お疲れ様。修」

彼は目を瞑りながらも、すごく嬉しそうな顔で笑っていた。きっとうまくいったのだろう。私まで嬉しくなってしまう。

疲れもあるのか、いつもの彼と違って、すごく安心しきった表情をしていた。それが見られたのも幸せだった。

そのまま何とか修をベッドに寝かせて、また彼の寝顔を見ていた。寝ていても、目の下にくまがあるのがわかる。この人は、どうしても頑張りすぎてしまう。

これからもこうして彼の側にいて支えてあげたい気持ちが増してきているけれど……もうすぐこの偽装婚約の期限も終わる。しかも私は、四月から正規職員になるのだ。

昔、ボストンについていきたいと思った時は、全部捨てて修を支えてあげたいと思っていた。でも、今の自分は彼とは別の次元で仕事も大事になっていた。手放すなんて考えられない。

きっとそんな私では、修を全面的に支えてあげられない。

――だから、この偽装婚約に期限があってよかったのだ……。

無理に自分を納得させて、眠る彼を見ていると、いつの間にかウトウトしていたようで、朝に彼が起こしてくれるまで私も眠っていた。

修は、「起きて目の前に来実がいて嬉しかった」と笑った。

それからも変わらずお互い忙しい日々を過ごし、迎えた二月の終わりの朝。

いつ修が戻ってもいいようにおにぎりだけ作っておいて、仕事で家を出た。

朝のキャンパス内に吹くいつもより冷たい風が頬を撫でると、動物飼育室の子たちの管理温度を念のため確認しておこうとすぐに思った。

先に飼育室に行き、空調に問題がないか点検してから研究室に行く。すると、鈴鹿先生が来ていた。

「おはようございます」

「おはよう。来実ちゃん、あのね？　三月末までに雇用関係で出身の学部から卒業証明書と成績証明書を発行してもらってほしいの。同じ学内でも、それは学部でお願いしなくちゃいけないみたい。勤務時間内でいいから一度行ってくれる？」

「それはもちろん」

私は四月から正規職員への採用が本決まりになった。先生が尽力してくれたようで、最初から助手としての採用だ。

鈴鹿先生は思い出したように話を続ける。

「そう言えば、来実ちゃん、すっごい成績よかったんでしょ？　山口《やまぐち》教授も褒めてらしたわよ。熱心な学生だったって」

「褒めていただいてありがたいですが、成績がよくても優秀な研究者というわけではなかったんですよ」

今、修や鈴鹿先生のような本当に優秀な研究者を見ていて思うが、彼らはバイタリティに溢れている。

確かに私は研究が好きだけど、ただ楽しいというだけ。不器用で人より時間もかかってしまう。しかも、修のボストン行きで一度は退学もしようとしていたわけだ……。

「でもどうしてうちのアルバイトを選んでくれたの？」

「修論まで書いてみたものの、まだ進路は決まってなかったんです。悩んでいた時、『正規職員ではないがちょうどここのアルバイトの募集内容が君のやりたいことに近いんじゃないか』と山口教授がおっしゃってくださって……私もその通りだなと思って応募しました」

私がいた研究室の就職先は、食品メーカーや飲料メーカーなどの企業での研究員が多かったが、私の場合、やりたい仕事とは少しずれる。悩んでいる時、鈴鹿研究室の募集を教えてもらった。

鈴鹿先生の研究は遺伝子レベルでのがんの治療薬。興味があったうえ、生体管理もするのなら自分のやりたいことに近い仕事ができると思った。

鈴鹿先生は嬉しそうに目を細める。

「そっか。そのタイミングで募集をかけた私の運もかなりよかったわけね」

「私もここに来られてよかったです。鈴鹿先生や栗山先生にお会いできて……」

鈴鹿先生は運と言ったが、私にも運があったわけだ。

(好きなことに関わって、人にも恵まれて……。きっとこんな職場は他にはなかった)

四年前、修についていっていれば、きっとここに来なくて鈴鹿先生や栗山先生に出会うことも、大学で正規職員として仕事ができる未来もなかった。

ずっと彼にボストンに連れていってもらえなかったのがショックだったくせに、今ではあの時、日本に残ってよかったと思うようになっていた。

その日、研究も順調に進んだようで鈴鹿先生はルンルンだった。鈴鹿先生は、表情だけでも研究の順調さがわかる。

「今日はこのまま、記念ホールの講演会の司会に行ってくるわぁ。あ、せっかくだし、議題変えちゃおうかしらぁ」

「それはパネラーの先生たちが困ると思いますよ」

栗山先生が軽くたしなめると、「冗談よ冗談」と鈴鹿先生は笑った。

「あと、来実ちゃん、器具を任せた」

「はい」

ウキウキした足取りで、鈴鹿先生が研究室から出ていく。私と栗山先生はそれを見送った。

そもそも鈴鹿先生は、講演会の司会なども気軽に引き受けてくる。先生は全く緊張しないらしく、難しい質問が来るほど燃える、というかなりレアな性格だ。と思っていたら、後で芦屋先生も同じタイプだと知るのだけれど……。

実験器具を洗いだすと、栗山先生が隣に立って手伝ってくれた。洗い終わったものを最後に蒸留水で流してそれぞれ乾かしておく。

「こっちは、乾燥機かけるね」

「はい、ありがとうございます」

中学や高校でも学習するが、実験器具は乾燥機にかけていいものとだめなものがある。おおむねは細かい数値を量りとるピペットのようなものはだめ、でもビーカーなどの大きいものは大丈夫という感じだ。

それぞれの研究室で独自のルールができてきて、うちの場合は大きな乾燥機は乾燥できる器具を入れ加熱乾燥するが、できないものでも急ぐものは、乾燥機に入れて室温で乾燥をかける。そうすれば、自然乾燥より乾燥は早い。

もうその日使わないと思うものは、実験台の上に白い布を置いて、並べて置いておく。

食器でも食洗器にかけられるものとだめなものがあるように、コツさえ知っていれば普段の食器洗いとあまり変わらない。

洗い終わってから、実験台を片付けていると栗山先生も一緒に片付けてくれた。

「こうして一緒に片付けるのはなんだか久しぶりですね」

「前はよく手伝っていたもんね。今はあまり手伝えてなくてごめん」

「また謝らないでいい場面で謝ってますね」

私が笑うと、栗山先生も笑った。

「先生、いつもありがとうございます。先生には助けられてばかりです。ほら、昔、自宅でアレが出た時のこと、覚えていますか」

「アレ？　……あぁ」

先生は、思い出したように噴き出した。

「そうそう、夏目さんが叫んでベランダに飛び出てきたんだよね。何事かと思って僕もベランダに行って」

全く笑い事ではないが、ある虫が出現した時、慌ててベランダに逃げた。生物は好きでも、あの黒くてすばしっこい虫だけはどうしても苦手なのだ。

あまりの私の叫び声に、栗山先生が慌てて私の部屋に来てくれて退治してくれたのは今でもよく覚えている。

「先生も慌ててましたよね。ベランダから伝ってこっちに来たし」

「あの時はアレがいるから、夏目さんが部屋に入れなくて玄関が開けられない、どうしよう！ってパニックになって泣いたからだよ」

「そうでした？」

「なのに、『大丈夫ですからっ、私でなんとかしますから！』って言ってさ。絶対無理じゃん。だから、ちょっと強引にベランダからそっちに行ってアレを取ったんだよ。人間、都合の悪い話は忘れてるものだね」

「返す言葉もありません」

私が言うと、栗山先生は楽しげに笑った。

あの時も、栗山先生は、『夜に部屋に押しかけてごめんね』と言いながらアレを退治して早々に帰っていった。それのおかげで、ただの同じ研究室の先生、というところから、お隣さんとしてぐっと仲よくなった気がする。

私がそんなふうに考えていると、栗山先生は息を吸って、言葉を吐いた。

「夏目さんは大丈夫？　猪沢先生のこと」

「色々とご心配おかけしました。でも……大丈夫ですから」

あの夜からまた変わった気がする。私が修を好きな気持ちは目を逸らすのが不可能なほどだ。

でも、修とこれから先もずっと一緒にいられるかと言えば、問題は別だった。

彼はとにかく忙しい。そんな人を不器用な私では支えきれない。

だから予定通り、期限が来たら私たちは婚約破棄したことにして、そのまま顔を合わせない方がいいのではないかと思っていた。

栗山先生は私の顔を見て、苦笑する。

「ほら、やっぱり今も、全然大丈夫じゃないって顔して、大丈夫って言ってる」

私が栗山先生の顔を見ると、真剣な顔の栗山先生と目が合う。栗山先生は緊張気味に唾をのみ込んで、ゆっくり口を開いた。

「僕も夏目さんに対してそういう感情じゃないって思ってた。でも猪沢先生と夏目さんがもうすぐ結婚するって聞いて……やっぱり……」

栗山先生が何か言いかけた時——。

「人の婚約者を勝手に口説かないでもらえる?」

声がかけられて、振り向くと修が真後ろに立っている。

「修⁉」

「終わったなら帰るぞ」

そう言って、彼は当たり前のように私の手を取る。シンポジウムが終わってもずっと帰宅が午前になる日が続いていたのに、今日はどうしたのだろう。

「なんで今日早いの？」

「人手を増やしたんだ」

それなら安心だけど、それにしてもタイミングがよすぎはしないだろうか。職場でこんなふうにされては困るのに、会えたのが嬉しいだなんて矛盾した感情が生まれる。

突然、栗山先生が「待ってください！」と大きな声で言った。今までにない大きな声に驚いて栗山先生を見れば、彼は修にまっすぐな眼差しを向けていた。

「本当に夏目さんとご結婚されるんですか？　夏目さんはご不安なように思えますが」

「部外者にご心配いただかなくて結構です。まぁ、ご心配ではなく、ご希望でしょうけど。そんな希望はすぐに焼却して海にでも捨てることをおすすめします」

「何を言ってるの？」

修に聞くと、彼は「ほら」と私の腕を引き部屋を出ようとする。慌てて栗山先生を振り返る。

「ご迷惑をおかけして、本当に申し訳ありませんっ」

「夏目さんが謝る話じゃないよ」

さらにぐい、と強く手を引かれ、車に乗せられて自宅に戻った。

自宅に戻った私は戸惑っていた。修の行動も気持ちも、わからない。

（まさか嫉妬、なわけないよね？　栗山先生は本当にただの同僚だし……）

そうであれば嬉しいと思っているところが絶望的だ。

そもそも彼は嫉妬するようなタイプじゃない。対して私は、小さなころから、彼と女性が歩いているのを見かけるとことごとく邪魔していた。私と修とは違う。

いつも私だけが好きなのがなんだか悲しくなってきた。きゅ、と唇を噛んで首を横に振り、頭をすっきりさせる。

とにかく毎回あの調子でこちらの職場に来られても困るから、言うべきことは言っておかないと。

「あのさ、お願いだから、もう鈴鹿研に来ないで。栗山先生だって困って……んんっ！」

文句を言い出した私の唇を修がふさぐ。それは怖いくらい熱いキスで……。

慌てて修の胸を押すが、全く効いていないようで、彼はそのまま口内に舌を滑り込ませると、舌を絡ませてきた。

唾液が混ざる音に、頭がくらくらする。息が苦しくなって、ぼうっとしてくる。

それを何秒していたかわからなくなった時、修がやっと唇を離した。途端に足から力が抜けて、座り込みそうになったのを彼が支える。

抱き寄せられて、身体が密着する。

抱き合った夜を思い出して、身体中が熱くなった。見上げると、修の顔がさっきとは違って少し穏やかに見える。

「修、さっき変だったよね……」

「そうだな……。すまない、嫉妬深くて」

「え……？」

嫉妬、という言葉に驚いて修に聞き返すと、彼は優しく目を細める。それを見て急に鼓動が速くなる。

（本当に、嫉妬してたの……？）

困っている私に、修は「お詫《わ》びしてやる」と言った。まだ少しドキドキしながら、お詫びする方が偉そうな態度なのはなぜだろうと思っていた。

修がスーツのジャケットを脱ぎ、ネクタイを取って長袖のシャツを腕まくりすると、颯爽《さっそう》とキッチンに入っていった。手を洗い、冷蔵庫の中を見て考えるそぶりをする。

「この中にある材料は使っていいか？」

「もちろんいいけど。常温の野菜はこっちのカゴに入ってる」

「ありがとう。使わせてもらう」

修は頷いて、材料を出して手早く切るなり、フライパンにオリーブオイルを入れる。玉ねぎ、にんにく、ニンジン、牛ひき肉、赤ワイン少々とトマト缶。どんどん入っていくのがおもしろい。いったい何を作るつもりなんだろう。

室内に濃厚な甘いトマトと、ジューシーなひき肉の香りが充満してきた。

気になって見ていたけど、もうひとつの鍋にお湯を沸かして細長い黄色の麺を投入していたので、ミートソーススパゲッティだとわかった。

「いい匂い！　おいしそう！」

「うまいぞ」

「自分で言う？」

私は苦笑しながら、「でも、早く食べたいな」と言った。ミートソーススパゲッティは私の好物だ。

(修、覚えていてくれたの……？)

好物を覚えていてくれて作ってくれるのが、こんなに嬉しいと思わなかった。心を躍らせながら完成を待った。

できたらテーブルに腰を下ろし、「いただきます」とふたりで手を合わせる。ドキドキしつつフォークに絡めて口に入れてみた。

肉のうまみとトマトの風味が濃厚で、それでいて、炒めた玉ねぎの甘さまで感じ、予想以上においしい。

「本当においしい！」

「時々練習してたんだ。やってみると楽しいしな」

修は私が食べるのを見て微笑み、自分も食べ始めた。練習、という言葉が気になる。私のため？と聞きたかったけど、うぬぼれているみたいで聞けなかった。


食べ終わると、私は食器を洗う。すると修も隣に立って一緒に洗い始めた。

今日は栗山先生と並んで実験器具を研究室で洗ったけど、修と並んで食器を洗うのは緊張して落ち着かない。時折、少し腕が触れるたび、心臓が大きな音を立てた。

洗い終わる前に、「そうだ」と修が言い、横を向いてみれば、彼はさらりと言った。

「あのさ、週末、デートしないか？」

「デートって……」

「週末は、休みだろ」

「そうだけど修は仕事じゃないの？」

「俺もやっと休みが取れたからどこかに行こう。あまり遠くは行けないけどな。リクエストは？」

いつの間にかデートするのは決まってしまっているようだ。修のペースに乗せられているような気がしないでもない。

私が悩んでいると、「動物園とか」と修が言った。

その言葉に目をぱちくりさせる。彼が戻ってきてなければ今週あたりにひとりで行こうと思っていたところだ。

「なんで行きたいところがわかるの？」

「わかるだろ。昔から家族でそこばかりだったんだって何回も聞いたし」

修は当たり前にそう言って微笑む。

（私の話、覚えてたんだ……）

「でも、いつも忙しいでしょう。せっかくの休みなんだから家でのんびりしてなよ。動物園は私ひとりで行けるし」

いつも忙しい修が心配なのもあるけれど、あまりにも意味深すぎる。だって、四年前だって、デートらしいデートはしていないんだから。

（それを偽装で婚約している今になってデートって……）

そう思って言ったのに、彼はシレリと返す。

「そうだな……。来実が一日中抱かせてくれるって言うなら家で休むのもいいけど」

「わかった、動物園に行こう！」

そんなわけで、結局、私たちは動物園に行くことになった。


次の週末は動物園デートだと思って過ごしていると、一週間はすぐに過ぎた。

当日の朝、クローゼットから服を出しては、これじゃ本当にデートかな、とか、でも、デートだと言っていたし……、と悩んでしまう。

修が「早くしろ」と勝手に部屋に入ってきて、ピンクベージュのワンピースとそれに合う白のコートを勝手に選んだ。ある意味助かった。

これならあの修からもらったネックレスが似合うだろうとも考え、結局ネックレスをつけた。着替えてネックレスをつけた私を見て、すぐ彼が嬉しげに顔を綻ばせ、私の心は勝手に弾んだ。

動物園は車だと一時間ほどの距離にある場所だ。普段はひとりで電車で行くから変な感じがした。

動物園に入る時、年間パスポートを見せたら、俺も買っておこうと修が言い出して、勝手に年間パスポートまで買ってしまう。

「ま、また来るつもりなの」

「あぁ、そのつもりだけど？」

修が不思議そうに首を傾げる。誰と、と聞きたくなったけど口を噤んだ。

そのまま動物園に入ると、すぐに右手を持たれ、ぎゅっと手を繋がれた。

「なんでっ」

「デートだし、手くらい繋がせて」

返事に困っていたら指を這わされて、勝手に恋人繋ぎにグレードアップしていた。

困るのに嬉しさを感じてしまい、突き放せない。

「今日は、来実のおすすめのコースを回ろう」

「おすすめ？」

「あぁ、よく来ているんだろう。俺も来実の好きなものを知りたいし」

あっさりそんなふうに言われてさらに落ち着かなくなり、もういっそ早く回ってしまおうと、頷いていつものコースを修に案内してあげることにした。

特に深い意味はなく、彼が次はひとりでも来られるように案内してあげるだけだ。

――だって、もう偽の婚約期間終了はあと二週間後だ。

もしかしたらこのデートも最後のデートになるかもしれない。いや、きっとそうだろう。

私たちが一緒に住むのは婚約者がいるというパフォーマンスのためだ。修の両親もクリアできたし、彼としてはもう大丈夫と踏んでいるはず。だから、期限が来ればもう私たちは関係なくなる。

続けたいと思っても、結婚して修を支えるだけの度量も私にはないのだ。

(でも、本当はもっとこうして一緒にいたかったな……)

ふいに思ってしまって首を横に振った。その時、彼が指さして聞いてくる。

「あれ、何？　シマウマみたいなの」

私は柵の中に視線をやって答えた。

「オカピだよ。シマウマじゃなくて、キリン科。キリンの仲間」

「え、シマウマの仲間だろ？」

「ほら、キリンと同じふたつに分かれた蹄《ひづめ》をしてるでしょ。DNAの解析からもキリンと近い関係だってわかってるんだよ」

「確かに。よく見ると顔もキリンぽいかも。あ、舌も長いな」

「うん、舌もキリンと同じでしょう。同じ祖先だけど途中で分かれて、キリンは首を伸ばしながら進化して、オカピは祖先そのままの形に近いって言われているの」

「へぇ……オカピがキリンに似てるんじゃなくて、キリンがオカピに似てるんだ」

「そう。後でキリンも見に行ってみよう。去年生まれた子がいるの。大きくなってるんだよ」

私が眺めながら話している時、修もそれを目を細めて見ていた。

そんな感じで一匹ずつ話しながら眺めて回って、途中で私はひとりで来る時より、楽しいと気付いてしまった。

(修だって楽しそうに見えるけど、本心ではどう思っているの?)

私が修を好きだと自覚しても、彼の本当の気持ちは四年前と同じでよくわからないまま。

あの夜修は『好きだ』と言ってくれたけれど、その時の言葉だけを信じて突っ走れるほど、私ももう単純ではいられない。

四年前と同じ過ちを繰り返さないように、彼を信じる心にブレーキをかけてしまうのも無理はないのだ。

そう考えていたら、彼が微笑んだ。

「昔から来実は、動物の話をしている時が一番楽しそうだよ。俺はその顔を見るのが好きだったんだ。だからさ、これから来実が好きな仕事を続けていけること、本当によかったと思ってる。改めて、おめでとう」

「あ……ありがとう」

――猪沢くんは、来実ちゃんがしたい研究をするの、絶対に誰よりも応援していたいタイプだと思うけどな。

ふいに鈴鹿先生の言葉を思い出した。

それに気付くと、なんだか胸がドキドキして止まらなくなってきた。繋いでいる手に汗がにじむ。動物園を出て、「そろそろ離さない?」と言っても離してくれず、修は「次は俺の行きたいところな」と言って笑顔を見せた。

(修の行きたいところってどこ?)

どこに連れていかれるのか不安に思っていると、彼が連れていってくれたのは宝石店だった。

戸惑う私を連れて、彼は手を繋いだまま店に入る。入った瞬間、黒いスーツを着た男女のスタッフが「お待ちしておりました、猪沢さま」と、頭を深く下げた。

いた。

(名前を知ってるってことは、予約してたんだ。でもなんで……?)

案内されて店内を歩いている時、床が大理石だと気付き、さらに緊張する。

ガラスのショーケースにはネックレスや指輪などのジュエリーが整然と並べられていた。

(もしかしてまたネックレスをプレゼントされるとか……?)

ドキドキしていると、席に案内され、すっと指輪を差し出された。それは真ん中に品よくダイヤのついた指輪だった。店の光が反射すると、ダイヤの中が煌めき、星のように見えた。一瞬、見惚れてしまう。

「では、ご確認ください」

「え……か、確認?」

私が戸惑っていると、「ほらつけてみて、左手の薬指」と修が言う。

(意味がわからない)

スタッフ一同に、じっとこちらを見られている状況に、できるわけないでしょ!と騒ぐこともできず固まってしまった。

しびれを切らした修が、私の手を取って左手の薬指に指輪を嵌《は》めた。つけた瞬間、元からそこにいたようにダイヤが光った。

彼は笑みを浮かべる。前で見ていた女性店員も微笑んで、口を開く。

「お似合いです。サイズもお聞きしていたものでちょうどよかったですね」

「あぁ、本当に似合っている」

私だって、うっかり素敵だなとは思った。だけど、心底意味がわからないままだ。

「修、どういうつもり？」

私が聞くと「後で説明するから、そのままつけて帰って」と彼は言った。

指輪をつけたまま店を出て、さらに「次に行こう」と連れていかれる。次に連れていかれたのは、再会してすぐ行ったホテルとは別のラグジュアリークラスのホテルだった。

「ホテル……」

（まさか、まさか……？）

不安で修を見上げると、彼はくくく、と笑う。

「だからそんなにビビるなって。ここの鉄板ダイニングに来たってだけ。結構うまいんだ」

「そうなの……？」

帰ってきてからも一度だけ抱かれて、二度目はしてない。時間があけばあくほどなんだか怖くなってきたのもあるし、今度抱かれてしまうともう離れられなくなるのは目に見えていた。だからかホテルにふたりで入るなんてやっぱり緊張する。

「そもそもそこまで怖がっている来実を部屋に連れ込むとかしないって。この前はからかってすまなかった。一緒に住んでいるんだから、わざわざ今日じゃなくても、来実が本当にいいって思った時に抱くさ」

「いいって思った時って、そんな時はもう来ないよ！」

思わず突っ込んでしまう。しかし、前はいいと思って了承して抱かれたわけで……。これ以上何か言えば、今以上に墓穴を掘りそうでやめた。

修は私の手を掴むと、ホテルに入ってエレベーターに乗り、二十五階のボタンを押した。エレベーターはすぐに二十五階に着く。

「ほら、来実。おいで」

連れられて入った鉄板ダイニングは、全面ガラス張りで、外の夜景がよく見える。眼下には、煌めく街灯や車のライトが見えて、光の海の上にいる気分だ。

店内には広い鉄板があって、その前でシェフが丁寧にお肉を焼いていた。そのパフォーマンスについ目を奪われてしまい、次いで香ばしい香りが漂ってきて、仔犬が鳴くようにきゅうんとお腹が鳴った。

「ここ、結構うまかったから」

修は微笑むと、ウエイターに名前を告げた。席は広い鉄板の前だ。椅子に座った途端、彼に気付いたシェフが目を細める。

「猪沢先生、お久しぶりですね。半年ほど前に日本に戻ってらしたんですよね」

「よくご存じでしたね」

「高梨先生がよくいらしていますし、よく猪沢先生を褒めていらっしゃいますから。私もいざとなれば猪沢先生にお願いしたいものだと思っていました」

「ハハ……いざとならないことが大事なので、気軽に検診にいらしてください」

そう言った後、修はやってきたウエイターに素早くワインを頼む。この前と同じでスマートだ。

こんなところでの食事は二回目だから前回よりも落ち着いてはいたけれど、やっぱりどうしてもソワソワする。

冷静になろうと深呼吸を二度すれば、ちょうどワインが出てきた。深いルビー色に目を奪われる。

乾杯して一口飲むと、濃厚な味わいに驚き、唇を離してからやってきた心地よい酸味に目を輝かせた。

「おいしい！」

「そっか、よかった。俺もこれが好きでさ。来実に飲ませたかったんだ」

修は楽しげに笑ってそう言う。

（自分が好きなものを好きな人にも味わわせてあげたいっていう意味なのかな……）

またソワソワする。なんだか落ち着かなくて話題を変えた。

「さっき言ってた高梨先生って、病院長だよね？」

「あぁ、俺の医学部生時代の教授だ。あの人、専門が外科なんだ」

「そうなんだ。で、ドラマの中みたいに、大学病院の先生って普段からこんなところで食べてるの？　修も？」

「俺も打ち合わせの後に連れてこられたことはあるけど、普段からっていうと病院長くらいじゃないかな。高梨病院長ってもともとご実家も資産家だし、舌が肥えているから気に入ったところにしか食べに行かないんだよ」

思い出したように笑って修は口を開く。

「四年前の出発前にも一度、病院長と、医学部の先生たちと壮行会で来たんだ。あの時は……もう出発前で、来実は出ていった後でさ。それでも、おいしくて来実に食べさせたいなって思ってた。だから、今日は来実と来られてよかった」

修のその笑顔に、なんだか居心地が悪くなって、ワインをグイっと飲んでしまう。

それから慌てて話題を変えた。

「そうだ、この……指輪、なんなの」

私が指さしたのは私の指に煌めくダイヤの指輪。わけのわからないまままつけてきてここにいる。彼は当然のごとく頷いた。

「あぁ、それは、今度のパーティーにつけてきてほしいんだ」

「パーティー？」

「俺の父の還暦のお祝いパーティーを大学関係者でやってくれることになってね。そこに両親も、うちの大学の関係者も多数来る。だから、来実を婚約者として紹介したい。最後の大仕事だ」

〝最後〟という言葉に、きゅ、と胸が痛む。

やっぱり期限が来たら私たちは別れるものだと修も思っているのだ。

「それで最後？」

修はあまり気にしていないように「そうだ」と頷いた。

「だから二週間後、よろしく」

「二週間後って……約束の半年の期限の日だよね」

「あぁ。ちょうどその期限の日だ」

あと二週間……。最後にパーティーに出て、私たちは別れる。

色々うだうだと考えていたけれど、私は修がやっぱり好きだし、彼がこれからもやりたいことができるならそれがきっといい。

本心では、やっぱり好きだからこれからも一緒にいたいって言いたくなっていた。

だけど、四年前のあの日を思い出せばどうしてもその言葉は自分から言い出せなかった。それに……結婚して修を全面的に支えてあげられるだけの自信も、今の私にはなくなっていた。

解決すべき問題　修side

最初に偽装婚約の提案をした時は、一緒に住んで、半年かけてゆっくり来実の気持ちを変えていけばいいと思っていた。

そんな中で、彼女は彼女で鈴鹿先生から正規職員にならないかと声をかけられ、俺は心底喜んだ。

来実はなんだかんだ研究が好きだ。面倒な実験も嫌だと感じず、地道にやっていくようなタイプの研究者だった。人のサポートも進んでやるので、研究責任者である筆頭著者以外として論文に名前が載ることも多かった。俺はそんな彼女を尊敬もしていた。

ボストンにいた時、来実の修士論文の掲載紙を確認してみたが、ある種のたんぱく質の機能と生体内での役割を解明していて、それを見た先生が『この子は知り合い？薬学系かな』と呟いた。少しずつ彼女の興味が変わってきているのをなんとなく感じていたし、彼女にはそれが合っている気がした。

そんな時、来実の母親から来実が就職もせず、大学の薬学部の生体管理アルバイトに手を挙げ、もう決まっているらしいとメールが来た。

調べてみれば、よく知る鈴鹿教授の研究室で、俺は来実の母親に【その選択は間違いではないと思います】と返事をした。

そして、ちょうどボストンの学会でやってきていた鈴鹿教授に連絡を取って直接会い、『来実のこと、くれぐれもよろしくお願いします』と頭を下げたのだった。

鈴鹿先生は、意外だというような顔をして事情を聞いてきた。来実には黙っておいてもらうという約束で俺は事情を話した。

先生は『猪沢くんって恋愛にはものすごく不器用だったのねぇ』と言った後、『でも、猪沢くんにそんな顔をさせる子が、この世にいるのがわかってなんだか嬉しいわ』と笑っていた。

きっと鈴鹿先生ほどの人となれば、何気なく採用しても、途中で彼女を手放したくないと思うだろうと予想したが、本当にそうなった。

正規での採用の話を聞いて、来実が戸惑いながらも嬉しそうにしていたので、俺は、やっぱりこれでよかったんだろうと安心していた。

ただ、来実が俺をどう思っているのかは、最初は手探りといった感じだった。

偽装婚約なんて無茶な提案に乗ってくれたが、どうしても俺は警戒されていたし、信頼もされていないのがよくわかった。

昔はあれだけ信頼されていたのだが、四年前の出来事で一気に信頼が崩れたのだろう。

しかし、自分が彼女を傷つけたのだから、ここから積み上げるしかない。

少々強引だったが、来実と一緒に住んで、少しずつ来実も俺に心を許してくれていっていたと思う。

業務に忙殺される中、彼女の顔を少しだけでも見るために、無理に短時間でも自宅に戻るようになっていた。眠る来実の顔を見るだけでも幸せだった。

――〝幸せ〟というのは何かを好きでいられることなんだろうな。それで人は強くいられる。思ってもいない力が出るもんだ。

最近、茂さんの言葉をよく思い出す。俺はずっと来実が好きで、彼女の存在のおかげで何でもやろうと思えたし、こうして心からの幸せも感じられるのだろう。

そんな中、大きな問題が起こる。

大学での講義を終えて廊下に出ると、同じ年くらいの女性が俺に声をかけてきた。

白い肌に、パーマをかけた長い髪。そして切れ長の気の強そうな目が特徴の女性だ。

彼女は赤い唇の端を引き上げた。

「久しぶり、猪沢くん」

「……姫下？」

「覚えててくれたのね」

姫下は笑う。

「当たり前だろう。同期だったんだから」

姫下紀和《きわ》——彼女は大学の同期で初期研修医の時まで同じだった女性だ。しかし、研修期間中にやめてしまった。勉強はできたが、患者や上司との折り合いが特に悪かったらしい。

彼女の父親は、俺の父と同じ『明鳳大学病院』の医師で、俺がボストンから帰ってきた時、縁談相手として手を挙げてきたのが彼女だ。

「ご両親から縁談の話を聞いたでしょ？」

「あぁ……。でも断ったはずだ」

最初は難色を示していた父だったが、来実と婚約して四月には結婚を考えていると彼女を連れて挨拶したら、姫下との縁談自体は断ってくれた。

姫下もそれは知っているはずだ。しかし、彼女は目を細める。

「知ってるわ。でも、それに私も納得したとは言ってない」

彼女の言葉に、思わず黙り込んでしまった。彼女は真剣な目で続ける。

「私ね、医学部生のころからあなたが欲しかった。いつでも冷静で、優秀で、人格者で……。研修医でやめるって決めた時、これからはあなたみたいな優秀な医師を支えていける一生にしたいって思ってたの。私の結婚相手はあなたしかいないわ」

付き合ってもいないのに、そこまで思えるのはある意味才能だと思う。俺はいつも以上にきっぱりと断った。

「すまないが、俺には結婚を考えている人がいる」

「幼馴染の子でしょ」

なぜ知っているのかわからなかったけれど、父から聞いたのかもしれない。俺は、「そうだ」と頷いた。それを聞いても彼女は全く引き下がらなかった。

「猪沢くんには私しかふさわしくないわ。私はずっと猪沢くんにふさわしくなれるように努力してきた」

「俺は無理だ、諦めてくれ。そもそも、どうしてそこまで俺を追いかけるんだ。他の男でいいだろう」

そう言った俺に、姫下は思い出したように息を吐いた。

「研修医の時、バカな患者に怒鳴られるし、さして優秀ではない指導医には怒られてばかりで本当に嫌で……みんなも腫れ物に触るみたいだった。そんな時、猪沢くんだけが変わらなかった」

それはたぶん彼女に全く興味がなかったからだ。もともと優しくした覚えもないのだけれど……。姫下は目を輝かせる。

「あの時、ハンカチを貸してくれたでしょう。気のない女性にしないわよね」

「ハンカチ……？ ……あぁ、確か熊岡のハンカチだ」

そうだ。人の興味を引くようにさめざめと泣く姫下を見て、熊岡にハンカチとともに『俺よりお前の方が適任だから行け』と押しつけられたのだ。まさかそんな些細《ささい》なことがきっかけだったなんて。

しかし姫下は首を横に振る。

「誰のものでも、声をかけてくれたのは猪沢くんよ」

「俺は君とは結婚しない。君に興味もない」

「考えは変わるわ。私が変えてみせる。これが今のスマホ。絶対連絡して」

「しないって」

俺は彼女が渡してきた番号を受け取り拒否した。彼女は「まぁ、ご両親から連絡は取れるしいいわ」と言う。彼女はかなり手ごわいと思った。

「でもひとつ大事なことを教えてあげる」

彼女はそう言った後、少し時間を置いてヒミツの告白をするように耳元に囁いた。

「猪沢くんの幼馴染の子、相当悪女よ。今、同じ研究室の先生が好きみたい」

そんな言葉を聞くと、嘘だとわかっているのに、心が揺さぶられる。できるだけ冷静に答えた。

「その先生は俺も知っている。でも、好きだなんて嘘だ。彼女は恋愛的な好意は抱いてない」

「嘘じゃないわよ。その研究室の先生と同じアパートに住んでいる友達がいるの。そもそもふたりはずっとお隣同士だったんでしょ？　夜に一度、彼女のアパートの部屋からその隣の男が出ていくのを見たことがあるって。もちろん猪沢くんがボストンに行っている間の話よ。結局誰でもいい子なのよ」

嘘だと思ったが、心がざわつく。

――もし本当なら、栗山が来実の部屋から出てきたのはどうしてだ？

やはり一番の誤算は栗山の存在だった。自分がいない間、仕事とはいえ、ずっと来実のそばにいた相手というのは脅威だ。

間違いなく来実は栗山に人間的な好意を持っているように見えた。そう思うと、もしかすると、昔の来実が俺に抱いてくれていた感情に似ているのではないかと思ってさらに落ち着かなくなった。

思っていたよりも自分は嫉妬深かったようで、栗山と来実が楽しげに話しているところを見るとだめだった。あんな話を聞いているから余計だ。

来実の今の気持ちがはっきり知りたかったが、彼女は決して自分の気持ちを口にすることはなかった。


そんな中、来実が鈴鹿先生の家で女子会をした日があった。

鈴鹿先生は俺に連絡してきて、『今日うちで芦屋と三人で女子会してるわね』と言った。

芦屋は俺のひとつ下だが、女性にモテる女性。大丈夫か?と思って、俺は女性にまで嫉妬しそうな自分に驚いた。

やはり気になり、鈴鹿先生の家に行くと、ちょうど玄関で気配に気付いたのか鈴鹿先生が玄関ドアを開けて、赤い顔で俺を迎えた。

「なんとなくもう来るかと思ったの」

「すごいですね。研究だけじゃなくて予知能力もあるんですか？」

「まぁ、そんなところ。それよりさっき、おもしろいことを思い出したの。ほら、私が学会でボストンに行った時、猪沢くんが連絡してきてあっちで会ったでしょう。覚えてる？」

「もちろん」

「『来実のこと、くれぐれもよろしくお願いします』って、いったい何事かと思っちゃったわよ」

「先生は笑っていましたけど」

「だって、これまで猪沢くんだけ意地悪な課題出してもそつなくこなしてきたくせに、必死な顔で初めて私に頼んできたのがこれだったもんだからさぁ」

先生は、ふふふ、と楽しそうに笑う。俺は苦笑した。

「俺のだけ課題が難しいと思いましたよ」

「アハハ。いいじゃない。そのおかげで今は立派にやれているんでしょ。ほら、入って入って」

そう言って室内に案内される。すると来実が見えた。彼女の横でテーブルに突っ伏しているのは芦屋だ。

来実は酔っ払った甘い声で、ぽつりぽつりと独り言のように話している。

「これって、私はやっぱりまた修を好きになってるんだよね。ほんとバカ……」

来実の言葉に、俺は思わず息をのんだ。それが来実の本音だと思った。

俺の存在に気付いた彼女は驚いた顔でこちらを見て顔を青くする。

俺は高ぶる感情を抑えるように、「迎えに来た」とだけ言うと、来実を立たせて鞄を手に取る。鈴鹿先生がのんびりした声で彼女と俺に言った。

「さっきちょうど猪沢くんが来てね。来実ちゃんは、泊まっていってもいいのよ?」

「すみません。でも、今日は連れて帰りたいので」

彼女の素直な気持ちを聞くなら今だと思った。タイミングは逃したくない。

それから俺はすぐに鈴鹿先生の家を後にし、自宅に戻った。

部屋に戻ると、来実は気まずい顔をしていた。本人も自分の気持ちに気付いたばかりなのかもしれない。だけど、その気持ちをしっかり彼女にも自覚してほしくて俺は聞いていた。

「俺をまた好きになってるって、本当なのか？」

来実は戸惑った顔をして、すぐにきつく目を瞑る。数秒の間が俺にとっては永遠のように長く感じた。

彼女が目を開き、怒ったようにこちらを見て口を開いた。

「好きだよ。好きに決まってるじゃない！　おかしいでしょ。自分でもそう思う。私を捨てて出ていった人をまた好きとかおかしいとしか考えられない。修のせいなんだから……。修が帰ってなんてくるから……。帰ってこなかったらちゃんと忘れられた！」

言い終わるか終わらないかのところで、思わず来実を抱きしめる。来実は身を固くした。それすら愛おしかった。

「俺も好きだ、来実」

キスしたらもう止まらなくなった。

できるだけいい思い出にしたくて、飛びつきたい衝動を抑えて丁寧に抱いた。だけど途中、来実が「もっと」とかわいいことを言うから箍が外れそうになった。来実が素直になればなったで、自分の方に余裕がなくなるらしい。

それでも、彼女に何度も名前を呼んでもらうと少し落ち着いて、これまであった不安も薄らいでいく気がした。

本当はずっと毎日抱き合っていたかったけど、まだシンポジウムの準備も残っていたのと、冬の寒さが厳しくて救急搬送されてくる患者が後を絶たなかった。

「ごめん、もう少し待ってくれ」と眠る来実の唇にキスを落として、朝、寝室を出た。それからは眠っている来実に、そっとキスをするのが日課になった。


しかしそんな間も、差し入れだと言って姫下が医局に現れるようになっていた。何度も断り続けたが、彼女は堪えていないようで話が通じなかった。

会うのも面倒なのでできる限り医局にいなかったが、ちょうど医局に戻った時、姫下と大学病院に戻ってきたばかりの熊岡が話しているのが聞こえた。

「なんだ、今日も猪沢に差し入れ？」

「そうよ。修くんに渡しておいて。だって例の女もこうしていたんでしょう」

「そうそう、来実ちゃん。昔、よくお弁当を持ってきていたんだよ」

たぶん姫下が来実を知っていたのは、熊岡からの情報だろう。深いため息をついた。

姫下がいなくなってから医局に戻ると、熊岡は勝手に受け取った弁当を渡してくる。

「これ、姫下が猪沢にって。相変わらずモテモテだな」

「お前、勝手に受け取るなよ。それに……来実のことも教えていただろう」

「だって、本当に婚約者なんだろう？　隠す話じゃないじゃないか。昔だって、彼女だって隠してさ。そんなに彼女が大事かね」

「……大事だよ。彼女がいなければ、きっと俺はここにいない。だから――」

俺は基本的には冷静だと自分でも思う。同期やスタッフとも衝突はしない。そんなことがあれば治療に影響する可能性もあるからだ。

しかし、いつの間にか我慢の限界に達していたようで……俺は、熊岡の肩を掴んで背中を壁に押しつけていた。動こうとする熊岡を許さず、顔を近づけた。

「もう絶対に来実には近づくな。これ以上目に余る言動があれば、俺はお前を許さない」

はっきりと低い声で言う。熊岡は少し戸惑った表情をして、いつもの熊岡らしからぬか細い声を出した。

「許さないって……どうするつもりだ」

「さぁ。臓器移植を待つ患者の役にでも立ってもらおうか」

きっぱりと言って、それから熊岡を離した。俺は、弁当の入った紙袋も熊岡に押し戻した。

「あと、勝手に来実のことを教えたバツとしてそれを直接姫下に返してこい」

「ええ」

「絶対だ」

そうは言ったけど、熊岡だけに任せておくのは不安だったので、少しして姫下の父親には直接会った。その時、「娘さんとの縁談話を断ってから、彼女に付きまとわれて困っています。申し訳ありませんが、娘さんの希望には添えません」と深く頭を下げたものの、父親は父親で「断りの連絡をもらって、自分の娘は君をきちんと諦めている。付きまとうなんてするはずがない。失礼な男だ」と怒って辟易《へきえき》とした。

ともかく、父親はそんな失礼な俺と愛娘との交際には反対だったのには安堵した。

それからシンポジウムの準備をなんとか終え、一月末のシンポジウム当日も問題なく登壇できた。

ボストンでの研究結果をまとめたものと、あちらで当たった珍しい事例をいくつか紹介したが、それが結構好評で、終わってから他大学の先生方にも多く声をかけていただいた。

俺の父親も来ていて、成長を実感してもらえたのか、初めてふたりで酒を飲み交わした。

そして、二月になったある日、俺は病院長室にいた。ソファの向かいで高梨病院長が言う。

「猪沢くん、よかったな。おめでとう」

「ありがとうございます」

高梨先生の後押しもあり、俺は四月からの准教授昇格が無事に決まっていたのだ。

先生は嬉しそうに笑う。

「遠慮せずに上がれるタイミングで上がらないとな。若くていきのいいのが戻ってきてくれて、本当によかった」

誰しも自分に使い勝手のよい部下は欲しいものだ。高梨先生は俺を利用し、俺も高梨先生を利用した。先生はその俺の意図すらわかっていたように笑っていた。

「あと、三月末までに色々研究費の報告書を出さなければいけないから、手伝ってもらうよ」

「もちろん構いませんが、私の方からもひとつお願いがあります」

「なんだ？」

「医局の人事ですが、私の直下に熊岡をつけていいですか」

「確かプライベートに難があるから、自分の下にはつけたくなかったんじゃないのか」

「そう思っていたのですが、結局目に届くところに置いて、こき使う方がいいかと思って……。あれで腕だけはいいので」

「ハハ、まぁ、好きにしなさい」

「ありがとうございます」

俺は高梨先生に頭を下げた。


熊岡は文句を言いながら、なんだかんだ仕事で役には立ってくれて、俺は時々早く帰れるようになった。

そのおかげもあって、期限二週間前の土曜には休みも取れた。初めての休みだと何気なく呟いたら、熊岡には目を見開かれた。

そして来実をデートに誘えた。その日は俺が待望していた日でもあった。

四年前もボストンの出発前で忙しく、外でのデートなんてした覚えもなくて……いつかデートするなら来実の好きなところに行きたいとずっと思っていたのだ。そしてそれが動物園だろうと見当もついていた。

来実に提案すると最初は少し戸惑っていたが、園内を回りだすと来実が生き生きと話し出す。

俺はその顔が愛おしくてずっと見ていたいと思っていた。


それからこっそり準備していた指輪も渡した。昇格も決まったし、これでやっと、来実に本当に結婚を申し込めると思っていた。

後は彼女に再度きちんと告白し、〝偽の婚約者〟ではなく〝本物の婚約者〟になってもらうつもりだった。

そのタイミングは、ちょうど期限の日にするつもりだった。

「俺の父の還暦のお祝いパーティーを大学関係者でやってくれることになってね。そこに両親も、うちの大学の関係者も多数来る。だから、来実を婚約者として紹介したい。最後の大仕事だ」

俺のその言葉に彼女は目を見開いた。

「それで最後?」

「そうだ。だから二週間後、よろしく」

「二週間後って……約束の半年の期限の日だよね」

「あぁ。ちょうどその期限の日だ」

帰るまでの四年間、そして帰ってから来実と住んだ半年間……その時間は、俺にとって歯がゆく、それでも彼女と一生一緒にいるために欠かせない時間だった。

――しかし最後にひとつの誤算が俺を襲う。

まだ姫下が諦めておらず、あのパーティーに現れたのだ。

ラスト二週間

「眠れなかった……」

夢のようなデートの最後、あと二週間だと言われてなんだか落ち着かなくなった。

しかも二週間後に、婚約相手として色々な人に紹介するってどういう状況なんだろう。

（もしかして、それで当分、誰にも縁談を持ち込まれなくて済むから？）

修が期限の後どうするのか、という話には言及できなかった。

しかしデートの最中、修の言葉を思い返し、私はある決断ができていた。

――昔から来実は、動物の話をしている時が一番楽しそうだよ。俺はその顔を見るのが好きだったんだ。だからさ、これから来実が好きな仕事を続けていけること、本当によかったと思ってる。改めて、おめでとう。

私が好きな仕事ができると、修はあれだけ喜んでくれたし、そんな私が好きだと言ってくれた。

だから私はまず新しい仕事にちゃんと慣れて、自分の足でしっかり立とうと決めていた。期限の後、また彼と会った時に、かっこ悪い自分でいたくなかった。

リビングに行けば、修は呼び出されたみたいでいなくて……だけど家の中には、彼の気配がする。こんな気配ももう感じられなくなると思うと寂しい。

ご飯の前にこちらを眺めていたアデニンの小屋を軽く掃除することにした。手に乗せると、アデニンはきょとんとした顔で私を見た。

「なんで君はあっさり修に懐いたのよ……？」

アデニンは最初に修に懐いてから、起きている時に彼が近くを通ると近寄っていくようになっていた。色々難しく考えずに本能的に安全な相手だと感じると懐けるのが動物のいいところだし、うらやましくもある。

「でも、もう修といられるのはあと二週間なんだよ。アデニン」

なんとなくアデニンが寂しげに見える。それは私がそう思っているからだろうか。

「感傷に浸ってる場合じゃないよね。仕事に行かなきゃ」

私はもう離れると決めたはずだ。

アデニンを撫でると、綺麗になった小屋に戻し、すくりと立ち上がる。こんな日は早く出勤して勉強すると決めた。

三月後半の大学生は春休みに入っている。院生と、学部生は学年によっては学会出席があるのだけれど、学内に人は減る。

私は正規職員になる手続きや、仕事の調整を始めていた。引継ぎは、栗山先生から一部業務を引き継ぐ。例えば、薬学部の基礎実習の手伝いなどもする予定になっていた。

理系の学部のほとんどは、それぞれの学部に合わせた手技を行う基礎実習がある。私自身は薬学部出身ではないけれど、基礎実習では共通の機械を使う場合も多く、手伝いやすい。

ある程度引継ぎが終わったところで、栗山先生は伸びをした。

「よし、休憩しよう」

簡単に片付けると、ふたつコーヒーを淹《い》れて、ひとつを栗山先生に渡す。私たちはそれぞれ実験台のこちらとあちらに座った。実験台は人ふたりが転がって眠れるくらいの幅はあるので、距離は結構ある。

「やっぱり夏目さん相手の引継ぎだと話がすぐ通じていいね。僕もすごく助かるよ」

「まだまだできることは少ないですが……もっとお役に立てるように頑張ります。せっかくこんな機会をいただけたんですから」

「うん、応援してる。何かあればなんでも聞いてね」

「ありがとうございます」

やっぱり栗山先生はすごく優しいと思う。彼の悪い評判は学生からも聞いた覚えがなかった。コーヒーを飲んでいると、栗山先生は突然黙り込み、決意したように口を開いた。

「あのさ……猪沢先生との件はなんかごめんね。部外者なのに口を出すような真似をして」

私は以前の話を思い出して、「いいえ」と首を横に振った。きっと栗山先生は心配しているのだろう。もう修とは離れるだろうとわかっていたけど、自分の気持ちだけははっきりしてきた。

少しずつ整理できた気持ちを栗山先生に告げることにした。

「栗山先生に心配させてしまって申し訳なかったですが、猪沢先生をちゃんと好きです」

「猪沢先生が、もし君をいいように使いたいだけだとしても？　四年前はボストンに行く時に振られて、帰ってきて復縁したって話していたよね。それって彼の都合のいい時だけ君の気持ちを利用しているとも考えられるよね」

「もしそうだとしても、好きです。四年前と同じように離れることになっても今度こそ、ずっと好きでいます。いや、きっと、昔からずっと好きなのは修だけなんです。四年前は振られて落ち込んだけど、結局私は修以外誰も好きになれなかった」

一瞬、栗山先生の顔がゆがんだ。心配になって顔を覗き込むように見る。

「あの……栗山先生？」

「そっか。なんだか、勝負に出る前に綺麗さっぱり振られたな」

「どういう意味ですか……」

私が聞くと、栗山先生は「なんでもない」と首を横に振った。そして手を差し出す。

「これからは同じ正規職員としてよろしく。正規になるんだから、僕も先輩として厳しく指導するよ。僕の研究のサポートもお願いしたいし」

「はい、もちろんです。よろしくお願いします」

私はその日、初めて栗山先生と握手をかわした。

家に帰ってから料理を先にし、他の家事をしているとすぐに時間は過ぎていて、夜になっていた。

メッセージが入ってきていて開くと修から。

【今日は帰れない】

それだけのメール。

(帰れない、か。あと二週間なのに……)

なんだかすごくがっかりしている自分がいる。用意した食事もひとりで食べると味気なかった。

今日のメニューは肉じゃがと茄子の煮びたし、きんぴらごぼうと味噌汁。なのに、食べながら修の作ったミートソースの味ばかり思い出していた。

次の日、鈴鹿先生も栗山先生も会議だったので、ひとりで昼食をとるのに学食まで行った。以前修とはここで会ったから会えるかもしれない、という仄《ほの》かな期待もあった。

しかし彼はおらず、ひとりで席に着いた。その時、「もしかして、来実ちゃん」と声をかけられる。

振り向くと、見た覚えがあるような……スーツの男性がそこに立っている。

食べ終わった食器を持っているので、学内の人間で、食事を終えて出るところのようだ。

「来実ちゃんだ。覚えてる？　猪沢の同期の」

「壮汰さん！」

私が叫ぶと、壮汰さん、こと、熊岡壮汰さんがにこりと笑った。

「国内だけど、俺も他の病院行っててね。先月こっちに戻ってきたんだ。来実ちゃんは？」

「大学院を修了してからこの薬学部にアルバイトで来ていたんです。でも四月からは正規職員になります。よろしくお願いします」

「そうなんだ。おめでとう」

「ありがとうございます」

壮汰さんが何か言おうとした時、「来実ちゃーん」と声が聞こえた。

振り向くと、鈴鹿先生と栗山先生が一緒に食堂にやってきたところだった。ふたりとも手にトレーを持っている。

壮汰さんは、「じゃ、俺はこれで」と去っていく。挨拶して別れたところで、鈴鹿先生と栗山先生が私のいたテーブルにやってきた。

「一緒にいい？」

「もちろん。おふたりとも、会議は終わったんですか」

「えぇ、年度末は会議と会計報告ばっかで疲れちゃう。出張が多いのはいいけどさ」

ぶつくさ言っている鈴鹿先生は私の隣に、栗山先生は私の前に座った。そして、鈴鹿先生は視線を奥に移し、それから私を見つめて聞いてくる。

「ところで、さっき話してたのって、病院の外科の熊岡先生じゃない？」

「鈴鹿先生もご存じなんですか？　そうです。昔、会ったことがあって……猪沢先生の同期なんです」

「そういえばそうだったわね……」

鈴鹿先生はなんだか微妙な顔をして続ける。

「あの先生、手が早いから気を付けなさいよ。別名『人のものほど燃えるタイプ』って有名なんだから」

――人のものほど燃える？　手が早い？　……まさか。

栗山先生が青くなって聞いてくる。

「もしかして、もう何かされた？」

「いや、そういうわけじゃありません。ちょっと驚いて」

鈴鹿先生が頷いて、口を開く。

「腕はいいけど、そこだけは心配だって、昔、猪沢くんも言っていたのよ」

「猪沢先生が？」

「ええ。あれ、聞いてなかったの……？」

私は驚いた。そういえば昔、私が壮汰さんと飲んだって言った時、修がすごく怒ったことがあった。あれから少し自分でも気を付けるようにはなったのだけれど、あくまで一般的な話だと思っていた。

（もしかして、修はわかっていたから心配してたの？）

「それが、うまくカップルの不安をあおるっていうか……そんな感じみたいなのよね。今はわからないけど、前はそれで熊岡先生が奪った女性もいたみたいなの」

ふと、四年前に壮汰さんに修のことを相談したのだと思い出した。それでアドバイスをもらって、余計に不安になった気がする。

――私はもしかしたら、修に関してとんでもない勘違いをしていたのかもしれない……そんな予感がし始めていた。

その日の夕方は書類を取りに行くのに、理学部のあるキャンパスに行くことになっていた。

庶務の終業時間直前に着くように行って、直帰するように話をしていたので、出る間際に鈴鹿先生に声をかける。

「すみません、理学部に寄ってから直帰します」

「私も一緒に行こうかしら。芦屋も誘って一杯飲みたい気分なのよ。もうこの時期、なんやかんやありすぎて疲れちゃって……栗山先生がうるさいんだけどねぇ」

鈴鹿先生がこそっと言う。その時、部屋にいなかったはずの栗山先生がいつの間にか戻ってきていて、鈴鹿先生の肩を叩いた。

「鈴鹿先生は学生が待っていますよ。研究費の報告書もまだかってせっつかれているんですから！」

「せ、せめて来実ちゃん、うちに来ない？　来実ちゃんが『おかえりなさい』って迎えてくれたら、それだけで元気が出ると思うの！」

「セクハラですよ。それに、今夜は僕が絶対に逃がしません。僕だってもう手いっぱいなんですから」

切羽詰まっているのか、栗山先生もいつもより厳しい。

結局そのまま栗山先生に連行されていった鈴鹿先生を、苦笑して見ていた。

やっぱりこの時期は、どの先生も忙しそうだ。来年は私も戦力になれているだろうか、と思いながらキャンパスを出た。

その足で理学部に行って書類を受け取り、少し多めに夕飯の材料を買って帰った。

期限はあと一週間。万が一修が帰ってきた時、一回でも多く、おいしい食事を作ってあげたい。

色々作って待っていたが、結局その夜も修は帰ってこなかった。

なんだか切なくて、それでも遠くから聞こえる救急車の音に耳を澄ませていたら、いつの間にかウトウトと眠っていたみたいだ。よく覚えていないが、修とキスする夢を見た気がする。

（これまで何回キスをしただろう。別れた後も、きっと私はずっと覚えているんだろうな……）

「ほら、こんなところで寝るな。もう朝メシできるぞ」

その声に驚いて顔を上げた。目の前に修がいる。嬉しくて飛び起きた。

「修！　いつ帰ってきたの」

「さっきだよ。目も冴《さ》えてたしいつも作ってもらってばかりだから、来実の朝食は俺が作った。俺は昨日来実が作ってくれていたものを食べる」

修はそう言って微笑む。その言葉に心にほんのり火が灯ったみたいに、温かくなった。

「忙しいのに、私には作ってくれなくていいんだよ」

「これまで作ってみておいしかったたって思ったものをさ、来実に食べてほしいって思ってたんだ」

修は思い出すように目を細める。

(離れられなくなるから、あっさりそんなふうに言わないでよ)

唇を噛んで、修を見る。彼は、どうした?と首を傾げた。

「ううん、じゃあ修の分は私に準備させて!」

昨日の残りを温めて、テーブルに並べていく。私が並べたのは昨日のハンバーグに、キノコのマリネとサラダとスープ。

彼が作ってくれたのはサンドイッチみたいだが、中には目玉焼きやベーコン、レタスにオニオンも挟まっていて、かなりボリュームもありそうだ。

「俺は簡単なものだけどな。来実のはやっぱり豪華だな。朝から元気が出そうだ」

「修のも十分すごいよ」

それから、一緒に、いただきます、と手を合わせて食べだした。一口食べると、思っていた以上に濃厚な味わいのサンドイッチだ。

「おいしい！　チーズとマヨネーズも入ってるんだ。アボカドも？」

「あぁ、よくわかったな」

修はそう言って微笑む。食べながら目の前の修をちらりと見た。そうすると、やけに彼の手に目が行って、急に落ち着かなくなった。

（ごつごつしてて男の人の手だ。指は細長いのに、その指先はやけに硬くて……）

急に以前その指に触れられたと思い出して、顔が熱くなる。

あれ以来肌を重ねていない。もう期限は迫っているし、これから先もないのだと思うと、なんとなく落ち込む。

「来実？」

修が不審そうに私の顔を覗き込んだ。

「な、何も考えてないっ！」

「なんだ、その宣言は。おかしなやつだな」

彼が苦笑した。それでも目が合うと、甘く蕩《とろ》けるような目で見つめられる。そうされると、どんどん心臓が落ち着かなくなる。

（ずっと修に会いたかったけど、会えたら会えたで朝から心臓に悪い！）

叫びだしたい気持ちを、サンドイッチと一緒に胃に流し込んだ。修がお茶を飲んで口を開く。

「今日は金曜だしなるべく早く帰れるようにするからな」

「本当⁉」

「あぁ、やっと面倒な会計処理も終わったし、即戦力もいるしな」

修はそう言って笑ってくれて、嬉しくて飛び上がりたい気分だった。


朝から次々に仕事をこなし、終業時間前には仕事はほぼ片付いていた。時間になったらすぐに研究室を出て、買い物を済ませてから家に戻った。

思いつく限りの好きそうなものを作っていく。

「これだと、張り切りすぎてるみたいかな……」

実際張り切っているのだから仕方ないが……。気が付けば作っていた料理は十品を優に超えていた。慌てて何品かは容器に入れ冷蔵庫に入れる。

そんなことをしていると、修が帰ってきた音がして、時計を見ると夜九時過ぎになっていた。

玄関先に急いで走り、同じように急いで帰ってきたらしい修の様子を見て、思わず頬を緩める。彼も微笑んだ。

「ただいま」

「おかえりなさい」

そう言ってから、私はなんで自分が急いで帰ってきていたのかわかった気がした。

（私、修に〝おかえり〟って言いたかったんだ……）

最初、修が戻ってきた日、おかえりなさいって言えなかった。本当はずっと言いたかったのに。

玄関ですぐ抱きしめられて、抗わずに受け入れる。

「ごめんな、遅くなって」

「ううん。お疲れ様」

顔を上げて修の顔をよく見ると、彼は目の下に小さなくまを作っていた。

「寝不足、だよね。何か食べたいものとか、ある？　先にリクエスト聞いておけばよかった。いっぱい作ったから食べたいものがあればいいんだけど」

「くるみ」

「いや」

「え……」

（それは食べ物の方のくるみ？　それとも私？）

あたふたしていると、修は微笑んで、そっと私の頬に触れ、それから唇を撫でる。

それがキスの合図だとわかって、ゆっくり目を瞑った。

すると、待っていたように唇が重なる。キスしながら、ぎゅうとまた抱きしめられた。修は帰ってきたばかりでまだ外の寒さで身体は冷たいはずなのに、不思議とふたりで抱き合っているとすごく温かい。

これからもずっと、この温かさを覚えているんだろうと思っていた。


次の日の帰りの時間は少し早かったので、大学病院を経由して帰ってみた。

別に修に会えるかも、なんて期待はしていない。……いや、嘘だ。期待してる。すっごい期待してる。

修の顔を見るのが夜まで我慢できそうになかった。下手すれば帰ってこない日もあるし……。

しかし、もちろん病院の外で医師に会うなんてほとんどない。全く彼の姿は見えなくてがっかりした。

「私、本当に何してるんだろ……」

呟いて踵を返したその時、一台の救急車の音が近づいてきた。その音を間近で聞くと、祖父が運ばれた時のことを思い出して、胃がきゅっと痛む。救急車は敷地に入り、救急搬送口に停まった。病院の中からはスクラブを着た看護師と医師が出てきて、息をのむ。

（あの医師、修だ……！）

こんなに間近で修が医師として仕事をしているところを見たのは初めてで、ドキリとして息が詰まった。

救急車の中から男性が運び出される。走りながら救急隊員が修に報告していた。

「六十九歳男性、突然胸痛を訴え倒れたそうです。血圧百二、脈拍百二十六」

「意識混濁《こんだく》、酸素飽和《ほうわ》度は？」

「八十九です」

「循環器の先生呼んで、ニトロペンと心電図も準備して」

修がそんなことを言い、修たちが見えなくなってから数秒後、息を止めていたと気付いて息を吐いた。

たった一瞬。だけど、その一瞬があの人の命を左右する。

――それに、修の顔、見た覚えがないくらい真剣な医師の顔だった。

「修の、仕事してるとこ初めて見た……大事な仕事なんだよね」

呟いて、それからもその場に立ちすくんでいた。その時――。

「あーあ、また救急に駆り出されてるのか」

男の人の声が後ろから聞こえて振り返ると、壮汰さんがそこにいる。

スーツ姿で鞄を持ち、帰るところらしい。いつも元気そうな顔をしているのが印象的だったけど、今日は珍しく疲れた顔をしていた。

「壮汰さんも帰りですか?」

「あぁ。当直あけて結局今までいたからね。来実ちゃんも今帰り?」

「はい」

以前鈴鹿先生に聞いた話を思い出して、思わず少し距離をとっていた。壮汰さんは気にせず話す。

「ここ通り道なの?」

「……えぇっと、なんとなく……通りたくなって」

「ハハ、そうか」

その理由を悟られた気がして恥ずかしくなった。壮汰さんは微笑んで、続ける。

「猪沢が帰ってきたくらいの時からさ、病院で救急の先生がひとり、訴えられるかもしれない状況でね」

「え? そうなんですか?」

そんなの全然知らなかった。

病院のそういった類の情報は案外回ってこないものだ。

特に、裁判が起こる前に和解する案件もあるから他学部の職員の耳に入ってくるのもほんの一部。医師は忙しいうえに訴訟リスクまである仕事なのだ、と改めて思う。

「まぁ、知る限りこっちの過失はないみたいだけど。病院長としては、これ以上問題が起きないように、間違いのない医師に多くを任せたい」

壮汰さんは救急搬送口をゆっくり見た。

「そうなるとツケが回ってくるのが、猪沢みたいななんでもそつなくこなせるやつってわけ。病院長からも結構プレッシャーもかけられるし、普通に考えたらメンタルでも体力でもいつつぶれてもおかしくない状態だよ。最初はなんで俺が猪沢の下にって思っていたけど、間近で見てると手伝うしかないなって思うくらいだわ」

「最後の……どういう意味ですか？」

私が聞いてもそれには答えず、壮汰さんは反対に私に聞いた。

「来実ちゃんは猪沢とは結婚する気はあるの？　これから正規職員になるんだよね」

「それは……」

「まぁ、正直さ、あそこまで忙しいと、結婚相手は絶対に仕事をしていない女性を選ぶべきだと思うね。もともと猪沢がすすめられていたお見合い相手って仕事をしてないんだろう？　少なくとも俺ならそっちを選んだな」

「……ですよね」

それは自分でも感じている。修は忙しすぎる。今、そんな大変な状況であれば、余計に修を全面的に支えてくれる相手といた方がいいだろう。

——うまくカップルの不安をあおるっていうか……そんな感じみたいなのよね。

鈴鹿先生の言葉も思い出す。確かに壮汰さんはこちらの気持ちが不安に揺れるようなことを言うけれど、内容は真実だと思った。

そんな私に、壮汰さんはきっぱりと言い足す。

「でもさ、あいつが来実ちゃんがいいって言ってるんだ。婚約者なんだからうだうだ悩んでないで、早めに結婚して、ずっと近くにいてあげてほしい」

いつになく真剣な表情で壮汰さんが言う。予想外の発言に戸惑った。

「あ、あの……どうしたんですか？　突然……」

「いや〜、猪沢を怒らせたら怖いのなんのって。……俺ね、昔から人のものほど欲しくなっちゃうタイプなんだ。難しいほど燃えるし、最初は猪沢の彼女である来実ちゃんが欲しかった。でも、やっとわかった。君だけはアンタッチャブルだったみたい」

　壮汰さんは悪びれずに笑った。

　意味がよくわからないが、鈴鹿先生たちの言っていた噂は噂ではなかったということだけはよくわかった。そして、壮汰さんがなぜか今は私と修の仲を壊そうとしていないのも。

　壮汰さんは真面目な顔で続ける。

「とにかく俺はこれから平和な大学病院勤務生活を送るために、君と猪沢が無事にゴールインしてくれるのを祈ることにした」

「そんな自分勝手な……」

「アハハ、本当にそうだね。でも俺、腕はいいから猪沢の助けには絶対なるよ。猪沢に顎で使われるのも、案外悪くないし」

　壮汰さんは笑って加える。

「だからね、来実ちゃんも、猪沢をよろしく」


「よろしくって言われても……」

　壮汰さんと別れて私は呟いていた。しかし、壮汰さんの噂は本人が言っていたので本当で、修が四年前怒ったのはそういう意味があったのかと腑《ふ》に落ちる。

ただ、婚約者のふりをしているだけの私には何もできないけど、ひとつだけ決めた。

(今日もおいしい晩御飯、作って待ってよう。修が好きなものいっぱい作ろう)

期間が短くなった中、私にできるのはこれだけだ。

私の好きなミートソーススパゲッティを作ってくれた修を思い出すと、そうしたくなった。

とはいえ、最近彼が好きなものはあらかた作った後だ。

(それなら昔好きだったものはどうだろう?)

考えてみたら、修が昔、何が好きだったのか思い出せなかった。

彼はご両親が忙しかったから、我が家でよく一緒に食事をしていたのは覚えている。

その時何を食べていたか……私が小さすぎて記憶が薄い。

うなっていたらハッと思いたった。

「そうだ、母だ!」

その時、料理を作っていたのは母だ。盲点だった。私の母が、まさかこんなところで大事な鍵を握っているとは。

私は連絡してすぐに、実家に帰っていた。

電車を乗り継いで一時間。案外近いが、大学に入ってひとり暮らしを始めてから、実家に戻るのは年に一、二回になっている。

家は築二十五年の4LDKの戸建て。特段変わったところはないけれど、一階には、かつて祖父が過ごした和室と縁側があり、そこが私にとって今も特別な場所だ。

持っていた鍵で実家に入ると、母が「おかえりなさい」と出迎えてくれた。先に母に「ただいま」と伝え、和室に直行すると仏壇の中の祖父の写真に手を合わせる。

（おじいちゃん、私も修も元気だよ。修は相変わらず仕事ばっかりしてる。今さ、修と一緒に住んでるんだよ。信じられないでしょ。でももうそれも終わりなんだ……）

顔を上げると額の中の祖父と目が合った。じっと心の中を見透かされている気がして、写真から視線を逸らす。そのままリビングに向かった。

母がリビングでお茶とお気に入りの唐辛子せんべいを出してくれる。母は結構我が強いので、これと決めたらなかなか変えない。ここ二年ほどはこの唐辛子せんべいが出てきた。

「ところで、突然帰ってくるなんてどうしたの？　修くんと喧嘩《けんか》でもした？」

「あのさ、修の好きな食べ物のレシピを教えてほしくて」

そう言ってからちょっと恥ずかしくなったので、目の前のおせんべいをかじった。

想像以上に辛くてお茶をすぐに飲みほす。

まだ喉が渇いていると、いつからいたのか、父が静かにお茶を注いでくれる。

相変わらず言葉数は少ないが、過保護で優しい父だ。

父は静かにリビングのソファに座って新聞を広げると、それに相反するように、母は「修くんの好きなものはね～」と、修の好きなものをひたすらあげ、私はそれを必死にメモしていった。そして、母は最後に立ち上がった。

「じゃあ、今日の分は一緒に作る？」

「いいの？」

「もちろんよ。それ持って帰ってふたりで食べればいいじゃない」

「ありがとう！」

彼の好きなものは色々あるが、どうも母の作るイカチリと鳥チリが好きだったようだ。

我が家は、あまり裕福な方ではないので、海老の代わりにイカや鳥を使う。レシピを聞いて、メモを取りながら、ふたりで作っていった。

母はイカの下ごしらえをしながら口を開く。

「あんたの仕事の方は順調だって修くんから聞いたわ。正規職員になれるんでしょう」

そういえば両親に報告してなかった、と大事なことを思い出したが、それよりも不思議だったのが、修と母が連絡を取っていたことだ。

「なんでお母さんが修と連絡取ってるのよ」

「ずっと日本にいるのにほとんど連絡してくれない娘より、海外にいた時からずっとまめな修くんよねぇ。メールもよく送ってくれたのよ」

「何それ」

(なんで私も連絡取ってなかった時期にまで、母は修と連絡取ってたの⁉)

驚きに言葉を失った。

「──で、いよいよ結婚するのね」

もちろん私の母は修と結婚すると信じている。私は掴んでいる長ネギに視線を落とした。

「そ……それは、まだわからないけど……」

「父さん、来実は昔から修にぃ、修にぃ、ってずっと修くんだけにくっついていたから、心配してたのよ」

母は突然、父の方に目を向けてそんなことを言った。

「心配?」

「そうよ。来実が、修くんの他にも好きなことを見つけられたうえで、修くんと一緒にいるのを選ぶならいいんだけど、ってね。それに母さんのこともあったし」

私が首を傾げると母は続けた。

「来実には教えてなかったけど、私と父さんは、ほぼ駆け落ちみたいなものだったのよ」

「嘘……！」

そんなの初めて聞いた。祖父もそんな話をしていた記憶はない。母は笑う。

「ほんとよ。来実が生まれたおかげで、またおじいちゃんとの仲は戻ったし、おじいちゃんは最後は一緒に暮らせたわ」

私が思わず父を見ると、父はひとつ咳《せき》をした。

「付き合ってた時ね。父さんは先にもう就職してて、転勤になった。私はどうしてもついていきたいって言ったのよ。大学入ってすぐだったけどやめて無理やりついていった。それで結婚したの。知らなかったでしょ」

私は言葉に詰まる。母はにこりと笑って続けた。

「そんなに裕福な暮らしではなかったけど、もちろん幸せだったわよ。でも、父さんがずっと気にしてたのよね」

母は父の方に目を向けて微笑む。

「選ばなかった方の人生なんて、別に後悔なんてないのよ。でも、そうされた相手は必要以上に引き摺るものよねぇ」

その話がまるで四年前の私の話だと思ってしまった。四年前、私はどうしても修についていきたかった。大学院をやめてまでも。

血は争えないというが、まさにその通りだ。

「その話って、修は知ってる?」

「まぁ、修くんのお母さんの真智《まち》は知ってるわね。あ、あと……来実が退学届を出そうとしてた時、父さんから修くんに連絡して、その話もたぶんしたんでしょうし」

父は少し驚いた顔で母を見て、「知っていたのか」と呟いた。

「当たり前でしょ。何年夫婦をやってると思ってるの」

私は母の話す内容に驚きすぎて、固まっていた。ハッと我に返って母に聞く。

「ちょ、ちょっと待って。修は私を好きじゃなかったから、ひとりでボストンに行ったんじゃないってこと?」

「はぁ?」

母がとんでもなく間の抜けた声を出す。

「だって、大嫌いとまで言われたんだよ」

「そんなわけないじゃない。そうでも言わないとあんたが無理についていったでしょう。修くんは、来実を連れていきたかったに決まってるわ。あんたみたいなのをひとりにしておくと不安だし。でも、来実自身の将来まで真剣に考えてくれたからこそ、置いていったのよ。実際今回の正規職員の話だって、院を修了してなかったら無理だったんでしょう?」

「それはそうだけど……。でも、嘘……」

「あんたが、まだそんなことにも気付いてないバカ娘だとは思ってなかったわ」

母はかわいいひとり娘に対して辛辣だ。しかし今回ばかりはその通りだ……。母は続ける。

「修くんがボストンから戻ってきて、うちに挨拶に来た時、父さん、初めて来実との仲を許したのよ。来実はなんとか修士を出て、アルバイトであっても好きな仕事ができてたし」

その母の言葉に父を見た。

「過保護のうえに、頑固なのよ。まあ……父親の嫉妬も入ってたのは確かだけど」

母は笑って言い、父は照れ臭そうにまた咳をした。

父の長い後悔を知っていた修が、私とのボストン行きを強行することは確かにないだろう。付き合うのではなく、結婚する、となるなら余計に……。

（修のあの最後の言葉は……本心じゃなかった？）

そう思うと落ち着かなくなる。修の顔ばかり思い出していた。

帰り際、父が私を見て「たまにはこっちにも戻ってこいよ」と低い声で、でもはっきりと言う。

「……うん。色々心配かけてごめん。お母さんも、今日は一緒に料理してくれてありがとう。楽しかった」

「またいつでも頼りなさいよ」

母の声に頷いて、実家を後にした。早く修に会いたくてたまらなくなっていた。

パーティー当日

昨夜はイカチリと鳥チリ以外にも、母と作ったものをたくさん持って帰った。修が遅くに帰ってきて、それを少しずつ出したら驚いた顔をした。

そしてまた出ていく前、『今から病院に戻るけど……明日は来実も休みだろう？一緒に出かけよう』と言った。

(出かけるってどこに？　もしかしてもう一度、あの時みたいにデートできるの？)

ウキウキしながらベッドに入ったら、なかなか寝付けなくて困った。

次の日の朝、額に柔らかな感触がして、うっすら目を開けた。目の前には修がいる。

「おはよ」

彼の元気そうな顔にホッとして、それから嬉しくなる。

「今、帰ってきたの？」

「さっきシャワーを浴びたところ。ざっと朝食の準備をしたから食おう」

いつの間にか修がまた朝食の用意をしていたらしく、テーブルの上にはトーストとサラダ、フルーツとコーヒーが行儀よく並べられている。

「だから準備しなくていいのに」

「昨日は来実のお母さんのレシピが懐かしかったから。お礼かな」

修が目を細めて言って、私まで心が躍った。

「でもさ、今日は先に寝てから出かけない？　修も疲れてるでしょ」

「昨夜は間に仮眠ができたから大丈夫だ。食べたら行こう、大事な用事なんだ」

修はそう言って、食事の後、私を車に乗せて連れ出した。


連れていかれたのは、この前のジュエリー店にほど近い、ハイブランドの店だった。

しかも前回同様、黒いスーツの女性に囲まれる。戸惑っていると修が店員に言った。

「父の還暦パーティーに着ていくドレスを選びに来てるんだ。彼女に似合いそうなものを順に着せてほしい」

驚いて修を見たら、にこりと微笑まれた。そして、ドレスを順に試着させられた。

ドレスを着て広い試着室から出て見せるたびに、彼が顔を綻ばせるものだから、途中でものすごく恥ずかしくなってきた。私はモデルには向いていない。

「ねぇ、まだ着るの？」

「ん？　そうだな。せっかくだし、もう少し見たいかな」

「だめだよ。そんな……遊びに来てるんじゃないんだから」

「俺はこれもデートのつもりだけどな」

そんなふうにさらりと言ってくるので、ドギマギするしかない。

結局最初に試着したものと、それにあわせたハイヒールに決まった。気付いたら支払いも終わっていて、私は慌てた。

「だめだめ、私の服なんだから自分で払う」

「パーティーは俺の用事だろう。それに付き合わせるんだからこれくらいさせてくれ。……誰よりも綺麗な来実を見てほしいって俺の願望でもあるし」

「何それ……」

とは言ったものの、嬉しくて胸は弾んでいた。昼食を外のカフェで一緒にとっていたら修は呼び出されて、そこで別れた。

パーティー前日になり、突然、修の両親が『今から会えないか』と連絡をくれた。彼には内緒で、と言われ、頷いた。

金曜の夕方。待ち合わせはホテルのカフェだった。

カフェに入るなり、四人席で品よくコーヒーを飲んでいる夫婦が目に入る。そのうち、綺麗な黒髪の女性が私を見つけて笑顔で手を挙げた。

「こっちよ。久しぶりね、来実ちゃん」

「最初のご挨拶から、なかなかご連絡できないままですみません。お会いできて嬉しいです」

「私たちもだよ」

修のお父さまも笑顔を見せてくれて、一気にホッとする。婚約者として初めて挨拶に行った日、お父さまの顔は少しこわばっていたから。

私はふたりの前に腰を下ろした。私も同じコーヒーを頼み、運ばれてきたところでお父さまが口を開いた。

「明日会えるだろうけど、明日は主役だから話す時間もないと思ってね」

「そうですよね。お話っていったい――」

聞きかけた時、お父さまははっきりと言う。

「私はね、修と来実ちゃんの結婚には正直に言って反対だった」

「当たり前です」

いくらよくしてもらっても、家柄も人としても私ではそぐわない。修の家系は、おじいさまも、そのまたおじいさまも大学病院の医師であり、大学病院長も務めていた。

自分を卑下《ひげ》するわけではないけど、絵にかいたような一般家庭の我が家とは、客観的に釣り合わないのだ。しかし、と修のお父さまは続ける。

「修が君といてここまでやるとも正直思わなかった」

「私もそう思ってるの」

お父さまが言い、お母さまも微笑んで頷いた。お父さまは続ける。

「あの子は昔からなんでもそつなくこなせるからこそ、これと言って大きな目標というものもなかった。だけど、君といて目標もできて……私の予想をはるかに超えて立派な医師になっていた。絶対に他の人が相手ではこうはいかなかったはずだ」

「そんな……そんなことないです」

「そんなことあるのよ。主人がこんなに修を褒めるなんて今までになかったわ。私も嬉しいの。なにより来実ちゃんが娘になってくれるなんて、今から楽しみよ。四月には入籍するのよね？」

その言葉にドキッとした。今のところそういう話になっているが、最終的に『婚約破棄しました』と結論付ける予定だった。今の空気ではそれを言えない気がする。

しどろもどろで、問題点を伝える。

「……で、でも私……仕事もあって、彼を全面的に支えるのが難しいと思うんです」

「修から聞いた。大学の正規職員になるんだって？　すごいじゃないか。大学で好きな研究ができることがどれだけ難しいか私たちは知ってる。存分にやればいい」

そう言ったお父さまの隣でお母さまも頷く。

「私たちは、むしろ今になって少しは時間もできてきた。これからは修にできなかった分も、ふたりを助けさせて。もちろん来実ちゃんのご両親も一緒に」

「でも……」

「だから、仕事がしたいからって修を諦めないでやってもらえないか。修は来実ちゃんでないとだめなんだ。私からも、よろしく頼む」

修のお父さまが真摯に頭を下げた。少なくとも私の記憶では、修のお父さまは彼のために頭を下げるようなイメージはない。私もお父さまを誤解していたのかもしれない。

「は、はい……」

「よかった」

嬉しげなご両親を前に、とにかく申し訳ない気持ちでいっぱいになってきた。この婚約の話が、本当の話だったらよかったのに、と本気で思っていた。

――そしていよいよパーティー当日。

修は朝には帰ってきた。修に選んでもらった落ち着いたワインレッド色のドレスは、繊細な花柄のレースが全体に美しくあしらわれていた。歩くたびにふわりと舞うサーキュラースカートが、まるで花びらみたいだ。今日は彼にもらったネックレスも指輪もしている。

修は着替えた私を見て微笑む。

「綺麗だ。やっぱり似合っているな」

「……ありがとう」

それが心から褒めてくれているってわかるから素直に返してしまう。彼は手を差し出してエスコートしてくれた。

会場はホテルの大広間だった。会場に入るなり、紋付き袴《はかま》を着た修のお父さまが笑顔で出迎えてくれた。

「いらっしゃい。待ってたよ。昨日は楽しかった」

「こちらこそ、楽しかったです。ありがとうございます」

「昨日って？」

修が不思議そうな顔をして、ご両親が笑った。三人の楽しげな顔が揃うのを見るのは私も初めてで、嬉しくなった。

パーティーは参加者が五百名ほど。ほとんどが大学病院の関係者だった。さすが修のお父さまだ。修のお父さまは修や私とは別の明鳳大学だが、病院長にもなったこともあるし、今は学部長をしている。もちろん病院でも厳しくもあるが、人徳もあると聞いていた。

修は挨拶もそこそこに、すぐに誰かを見つけて私の手を引いて連れていく。

連れて行かれた先には、ひとりの男性。白髪を後ろに流し、身長は修より低いものの、すっと伸びた背筋が大きな存在感を放っていた。

ひと目でそれが東京都大学病院の高梨病院長だとわかった。直接の関わりはないが、病院長はよく新聞やニュースにも顔を出しているので、これまで何度か目にしていたからだ。

私は緊張した。しかし病院長は慣れた様子で、私を見るなり目じりのしわを深めた。

修が私を紹介してくれる。

「高梨病院長、こちら、私の婚約者の夏目来実さんです」

「初めまして、お目にかかれて光栄です」

緊張で私の声が少し裏返った。病院長は緊張をほぐすように微笑む。

「薬学部の鈴鹿教授のところで働いているらしいね」

「はい。ご存じでしたか」

「あぁ、もちろんだよ。君のおかげで私も何かと助かっている。これからも大学も彼もよろしくね」

「こ、こちらこそ、よろしくお願いいたします」

お辞儀をして、高梨病院長がいなくなった途端、はぁ、と深い息を吐いた。そして、修をじろりと睨む。

「病院長が来るなら来るって言っておいてよ」

「うちの大学関係者も来るって言っていただろう」

「そうだけど。っていうか『君のおかげで私も何かと助かっている』ってどういう意味だろう？　私関わりないんだけど」

「さぁ」

修は首を傾げたけど、何か知っているように苦笑していた。私は疑問に思っていたことを彼にぶつける。

「でもさ、これからたくさん関わりのある人に、あんな挨拶しちゃって大丈夫なの？私たちもう、婚約破棄して別れるって話になるんだよね」

「大丈夫だ。あ、あっちには学科長もいるな。行くぞ」

「えぇ……」

それからも修に連れられて同じように挨拶して回った。

(修はいったい何を考えているんだろう……?)

それが全くわからない。


挨拶が少し落ち着いた時、二十階にあるこの会場の窓から見える景色がやっと目に入った。ふと修に聞く。

「ボストンと、東京《とうきょう》と、どっちが景色いい?」

「景色か。わからないな」

「なんで?」

「ボストンは、着いてからずっと研究室と病院だけにいて、外に出るなんてなかったから」

修は当たり前のようにそう言う。

「……せっかくボストンに行ったんだから、観光くらいしたらよかったのに」

「ボストンで一件でも多く事例に当たりたかったんだ。医師としても大学の研究員としてもこれからも役に立てるように。だから景色とか、正直、全然見てないし覚えてない」

私が修のことを考えて、諦めて、新しい道を走っている間、修は修でずっと研究に没頭してきた。ぎゅっと手を握ると、下を向く。聞きたかったことを聞こうと思った。チャンスはもう今日しかない。

「私に一通もメールをくれなかったのも忙しかったから？」

「そんなことをしたら決心が鈍ると思ったんだ」

修が真剣な目で私を見ていた。胸が掴まれたように痛くなる。

「でも……来実の顔は、毎日思い出していた。思い出さない日はなかった。朝も昼も夜もなく研究していても、不思議と思い出すもんなんだなって、なんだか自分で自分がおかしかった」

心臓の音がドッドッドッってうるさい。まるで心臓が体の中から出て、耳の横にあるみたいだ。

──そうでも言わないとあんたが無理についていったでしょう。修くんは、来実を連れていきたかったに決まってるわ。

母の言葉をふと思い出した。

（修は、本当に私のことを好きだった。ずっとそうだったの？）

そんな考えに至って顔が熱くなった時、急にその熱を冷ますように、甲高い女性の声が耳に届いた。

「お父さま！　おめでとうございますぅ！」

「あぁ、久しぶりだね。来てくれてありがとう」

修は驚いた様子でそちらを見た。私も続いて見ると、そこにはボディラインのよくわかる黒のロングドレスに身を包んだ女性がいた。

彼は「なんで彼女が……」と声を詰まらせた。

「も、もしかして、修が昔遊んだ女性？」

「え？　何それ……」

修が眉を寄せた。

「いや、修、モテてたって聞いたから……。そういうこともあったのかなって」

「本当に勘弁してくれ。俺はずっと来実だけ。他の女性なんて目に入らない」

当たり前のように言われ、また心臓が跳ねた。修のお父さまの声が聞こえる。

「紀和ちゃん、この前はすまなかったね」

彼女は紀和さんと言うらしい。

「すまないってなんの話ですか？」

「せっかく声をかけてくれたのに、修が断ってしまって」

「別にいいですよ～。私、気にしてません」

「それはよかった」

「だって、最終的に修さんと結婚するのは私だから」

紀和さんは、突然そうはっきり言ったのだ。

私は意味がわからず固まっていた。修が怒りを抑えたような低い声を出す。

「あの女性は……俺の縁談予定だった女性だ」

修のお見合い予定の話は聞いた。それがきっかけで偽装婚約なんて話になったのだ。

お見合いさせようというのだから、彼女は由緒正しい家柄の女性なのだろう。

修は少し周りを見渡すと、私の手を取り歩き出した。

歩いた先には、修のご両親と紀和さん。紀和さんは私と修の繋がれた手を見るなり、
キッと鋭く私を睨んだ。

そして表情を無理に戻して、修に微笑みかける。

「その方が修さんの幼馴染よね」

「紀和さん。来実は幼馴染ではなく、私の婚約者です」

きっぱりと修は言う。それを聞いた紀和さんの表情が苦しげにゆがむ。さらに、彼は畳みかけるように言葉を重ねた。

「それにあなたとの縁談は最初からお断りしているはずです」

「調べさせていただいたけど、その方は修さんには不釣り合いでしょう。きちんと支えられる相手がいないと大学病院では昇格なんてできません」

「私とは考え方が違うようですね。私は、自分を支えてもらうために結婚したいのではないのです。何があっても、彼女のそばにいたいから結婚したいと思ったんです。私は彼女がいるだけで幸せなんです」

これは偽りの婚約なのに、修の言葉は偽りには聞こえなかった。ついその言葉に聞き入ってしまう。もっと聞きたくなっていた。

見かねた修のお父さまも口を開く。

「修はな、きちんと私たちに認められて来実さんと結婚したいからとこれまでずっと奔走してきたんだ。今まで修がこんなに何かに必死になることはなかったから、正直に言って驚いた。それに……すでに、修はこの四月に准教授への昇格も決まっているんだ」

昇格の話に驚いて思わず修を見る。

修は私を見て微笑んだ。彼のお母さまも言う。

「私たち、修は、ただ一心に彼を支えてくれるような女性と結婚した方がいいんじゃないかと思ってたの。そうした方が仕事にも真摯に向かえるものだろうって思っていたから。でも、修はそれを望んでない。一緒に歩ける来実ちゃんを求めてた。親として、子どもの選択は応援したいわ」

ぐっと紀和さんが言葉に詰まったのがわかった。私はどうしていいのかわからなくなる。修や彼のご両親に後押ししてもらっているのは嬉しいけれど、修のご両親を騙している状況だからだ。

修のご両親にだけでも謝ってしまいたいと、私は意を決した。

「あの、お父さま、お母さま、お話したいことが――！」

「何それ……。じゃあ私が研修医の時にもっと我慢して働いていればよかったの？　そもそも、こんな女がいなければ私が結婚できたんじゃない！」

言いかけた私の言葉を遮るように紀和さんが叫んだ。修の顔がゆがむ。

「そういう話ではなく……」

「だってそうでしょう！」

突然、近くのテーブルにあったワインの入ったグラスを彼女が掴んだ。それを勢いよくこちらに向かって投げられる。

ぎゅう、と目を瞑った瞬間、ガシャン、とグラスが割れる音が耳に届く。しかし、一向に痛くも冷たくもなんともない。

そうっと目を開けると、割れたグラスが修の足元に転がって、彼の両腕とスーツが赤色に染まっていた。彼がかばってくれたのだ。

「血⁉」

「大丈夫、血は出ていないから」

修は落ち着いた声で私をなだめる。そしてまっすぐ紀和さんの方を向くと、冷ややかな瞳で彼女を射抜いた。

「私は来実しか愛せないんです。昔からずっとそうでした。そして、それはこれからも絶対に変わりません。あなたが付け入る余地なんてもともと一ミリもない」

紀和さんが黙り込んだ時、すぐスタッフが飛んできて、修にタオルを渡す。白髪交じりのスーツの男性もやってきた。

「紀和……何をやってるんだ！」

「姫下先生」

「パパ……」

紀和さんは気まずげに視線を下げる。彼は紀和さんのお父さまのようだ。

修は静かになった会場内に響くような声で男性にきっぱりと言った。

「姫下先生、私は先生に、『彼女との縁談話を断ってから、彼女に付きまとわれて困っている』とお話ししましたよね。その時、あなたは取りつく島もありませんでしたが、こういうことなんです。おわかりになりましたか?」

「あ、あぁ……」

父親はショックを受けたような顔をしていた。警備員が来て、紀和さんを連れていく。

横を通り過ぎる時、修は彼女を止めた。一瞬、彼女が縋《すが》るような瞳を修に向けた。

しかし——。

「もう二度と俺たちの前に現れないでくれ」

ワインをかぶったままの修が紀和さんを睨んで言い放ち、その冷たい瞳と、聞けば震えてしまうような低い威厳のある声に、私まで身体がゾクリと冷えた。すぐに紀和さんは泣きながらそこから連れ去られていった。

「修……!」

ハッとした私は、ハンカチで修を拭く。でも、彼はそれを制した。そしてお父さまに頭を下げる。

「父さん、このような晴れの日にお騒がせしてしまって本当に申し訳ありませんでした」

「いや、持ち込まれた話とは言え、私が最初に彼女を薦めてしまったんだ。彼女に下手に期待させたのもよくなかった」

「気にしないでください。あなたたちの前で、来実にも自分の気持ちを伝えておきたかったのでちょうどよかった」

修は私を見てさっきの冷たい瞳とは正反対の温かい瞳で柔らかな笑みを浮かべる。

そして、「来実に何もなくて本当によかった」と息を吐いた。

(どうしよう、壊れたように心臓がドキドキしていて止まらない……)

修の言葉がもう嘘をついているように聞こえなくて、困る。私は修を見上げた。

「あ、あの……、修、着替えよう？」

「あぁ。今日、ここに部屋を取ってあるんだが、一緒に来てもらえる？」

修が意外なことを言って驚いたけど、頷いた。部屋があるなら着替えるのにもちょうどいい。

私が見上げると、彼は目を細めた。そして私の手を取る。

「申し訳ありませんが、先に失礼します」

ふたりで頭を下げて、その場を後にした。彼の手から伝わる体温が熱っぽくて自分にも伝わってきた気がした。

二度目のプロポーズ

部屋は最上階が用意されていた。景色もよくて、まるで映画の中みたい……なんだけど、私は緊張していた。

修に「とにかくシャワーを浴びなよ」と言って、彼はそれに頷くとバスルームに入っていく。少ししてシャワーの水音が聞こえた。

落ち着かなくて、部屋をうろつく。部屋の中央部にあるリビング部分の天井は高く、床には柔らかでみっちりした毛足の絨毯が敷き詰められていた。大きな窓からは、煌めく夜景。天気がいいので、北斗七星も見えた。窓際には大きなソファセットとテーブルも置かれている。隣を見ると、広いベッドルーム。ドキッとしてつい視線を逸らした。

修は替えの服を持ってきていたみたいで、シャツとスラックスに着替えて出てきた。その姿を見て、また落ち着かなくなった時、ピンポン、と部屋のチャイムの音がした。

「え？　なんだろう」

「来実、出てみて」

「うん」

（まさかまた紀和さんが来るとかないよね……？）

ドキドキしながら部屋の扉をそっと開ける。すると、急に花束が現れた。

ルームサービススタッフが大きな赤いバラの花束を持ってきてくれたのだ。バラは百本くらいあるように見える。

「こちら、猪沢修さまからです」

驚きに固まっていたが、花束以外にもシャンパンとマカロンまで用意されていた。

慌てて、後ろを振り向いた。

「修……これ何？」

修はふっと微笑んでいる。スタッフが部屋に花束とシャンパンと綺麗なマカロンのセットを置いて、丁寧にお辞儀をして出ていく。

私もお辞儀をし返したが、全く状況が掴めなかった。

（ホテルの部屋にシャンパンと花束……これってまるで――）

自分の希望する答えに行き当たりそうで緊張する。修はその答えは当たりだよ、とでもいうように微笑んだ。

そして、すっと私の左手を取る。

「夏目来実さん。俺と結婚してください」

はっきりと、迷いのない声で修は言った。

驚く私の左手の薬指にはまる偽の婚約指輪に触れ、「これを本当の話にしてほしいんだ」と続けた。

彼の言葉がまっすぐ伝わってくるようだ。彼の言葉が嘘じゃない本心だって、理屈じゃなくわかる。

だって私は十分、彼の態度でも、それから周りの人からもたくさんの誤解を解いてもらってきていたから。

「でも、なんで、今……」

「すまない。色々きちんと整理できてからプロポーズするつもりだった。本当は抱くのもここまで我慢しようって思っていたけど、それは、来実が俺を好きだと言っているのを聞いて突っ走ってしまった。俺は昔も今も来実の言動に、つい衝動的に動いてしまう癖がある」

「何それ。私のせい？」

「俺の我慢が足りないせいだな。四年前もボストンに行くというのは決まっていたから、いくら好きでも来実と付き合うつもりはなかった。俺の方が離れられなくなるってわかっていたからだ。なのに来実から告白してくれて……俺は結局来実と付き合ってしまった」

「だって好きだったんだもん」

「あぁ、知ってたさ。俺もそうだったから」

修が優しく私の髪を撫でる。彼の柔らかな声は、まるであの時の誤解と疑問をすべてひとつずつ解きほぐそうとしているように思えた。

「修は私の両親の話も知ってたから、私を日本に置いていったんだよね？　お父さんとお母さんに聞いた。ただ……なんでふたりとも今更教えてくれたんだろう」

「俺が口止めしていたんだ。来実はそれを知ったらボストンに飛んでくるかもしれないと思ったから」

「うぬぼれやだね」

「だってそうだろう？」

「そう……だったよね。きっと」

素直に頷いていた。修は私のためを思って置いていったなんて知ったら、すぐにボストン行きの飛行機に飛び乗っていたと思う。

「前も言ったが、とにかくボストンでは一心不乱に研究と診療に当たった。教授は本当に厳しくて、常に気が抜けない毎日で……綱渡りをしている感じだった。でも、あのころの俺を支えていたのは、来実のあの〝婚姻届〟と、来実の入学式の時の嬉しそうな笑顔の写真と……後は来実の修士論文かな。俺を支えていたのは、結局全部来実だ」

「修士論文まで見たの⁉」

「見るに決まっているだろう。それでいつも最後は、別れる時に真っ赤な目をして俺を睨んだ来実の顔を思い出していた。四年前は傷つけてすまなかった。『来実に来られても迷惑でしかない』『大嫌いだ』なんてきつい言葉を投げてしまった」

修は本当に申し訳ないと頭を下げていた。

「そうしないと私がついてきてしまうから、だよね」

「それもあるが、俺がそこまで言っておかないと離れられないと思った」

「……なら、どうして帰ってきた時に、すぐに全部話してくれなかったの？」

「俺にも縁談の件が浮上していたし、まだ昇格も決まっていない段階だったから、すべてが片付くまで少し待っていたんだ」

「だから今？」

「あぁ。准教授になることも決まったしな」

修が嬉しげに微笑む。彼の年齢での准教授昇格は本当に珍しい話で、それだけ彼の努力が窺えた。彼は続ける。

「でも戻ってきて、四年ぶりに来実の顔を見たら少しも離れたくなくなって、最初から『結婚してくれ』なんて言ってしまったけどな。来実はもちろん突っぱねた。当たり前だ。……だから、無理やりでも半年一緒に住んで、ゆっくり来実を落とそうと思っていたんだ。それで偽装婚約なんて提案をした」

私は頷いた。そうでなければ忙しい修と顔を合わせるのすらままならなかっただろう。

「でも、一緒に住んで半年、俺は俺で昇格を決めるのにも忙しくなってしまって、それに、もう予想外の出来事も色々あったし」

「何？」

「大きかったのは、栗山だ。嫉妬で余裕なんてひとかけらもなかった」

「え……わ、私、栗山先生のことは恋愛としては好きじゃないよ？」

「あぁ、わかっていたけどさ。夜に来実の部屋から栗山が出てきたって話も耳に挟んで」

「それは！　あれだよ、黒くてすばしっこい虫が出て、私が大騒ぎしてベランダに出たらちょうど栗山先生が気付いてベランダから入ってきてくれて。それで退治したらすぐに帰った。さすがにもう一度ベランダから帰らせるわけにはいかないでしょ。栗山先生がうちに入ったのって、それだけだよ」

私が言うと、修が安心したように息を吐く。その様子を見て、自分まで安堵した。

「それに、熊岡も……」

「聞いたよ。えっと『人のものほど欲しくなる』って本人も言ってた。だから、四年前心配してくれたんだよね」

「あぁ。あいつは頭もいいし、腕も確かだが……プライベートでは困ったやつなんだ。俺は姫下が泣いている時にハンカチを渡すよう熊岡に頼まれた。考えてみればあれが姫下が俺に執着したきっかけになった」

「今度会ったら怒っておくね」

「いいよ、会わなくて。今までは好き勝手できていただろうけど、今は俺の下についてもらってる。かなり厳しく指導してるからもう大丈夫」

そう言って修は目を光らせた。それなら安心だろう。

（というか前に話した時の様子では、本当にもう壮汰さんは大丈夫な気がする）

考えていると、彼は私の肩を掴んで私を捉えた。

「他に来実は聞いておきたいことはない？　もう誤解されたくないし、全部ここで答えておきたい」

ひとつ頷いて気になっていたことを聞いた。

「……修は私のどこが好きなの？」

修は一瞬驚いた表情を見せたけど、すぐに真剣な顔つきで答えてくれた。

「全部、って言ったらあれかな。昔からずっと好きだったから」

「昔……⁉」

「そう、ずっと前から。もうこれがっていう感じじゃないんだ。その中でも、俺は来実が好きなものの話をしている姿が一番好きかな。楽しそうで、目がキラキラしてて純粋に好きだと思ってる。来実といると、研究者の原点に立ち返れる気がするんだ」

「……私も修が頑張ってる姿、かっこいいと思ったよ」

「いつ見てたんだ？」

「前に、患者さんが救急搬送されてきてた時に偶然」

「そっか」

修は笑う。

「本当に私でいいの?」

「疑り深いな」

「そうもなるよ。四年もこじらせてきたんだから」

かわいげがないかもしれないけど、私は言葉で聞きたかった。私ももう彼の気持ちを誤解したくない。

「そうだな。あのころも、今までも我慢してばかりで素直に伝えられなかったけど……やっと伝えられる……」

彼は少し考えてからまっすぐ私を見つめた。

「俺はな、相手が来実じゃなければ一生結婚なんてしない。俺が結婚したいのも、一緒に人生を歩きたいのも来実だけだ。来実が好きだ。心から愛している。……だから結婚してほしい」

もう一度はっきり告げられて、その言葉が徐々に全身に染みわたる。

四年前、同じように言われていたら、もちろん嬉しかっただろうけど……今みたいに、胸が張り裂けそうなほどの喜びや、何があっても修といる覚悟みたいなものはなかったように思う。

彼が私の顔を覗き込んで、少し不安げに問う。

「来実、返事は？」

「私も……あなたと一緒に歩いていきたい。私こそ、修と結婚したい。お願いします……んっ！」

すぐに顎が持ち上げられキスをされた。長いキスの後、唇が離れるなり、修が本当に嬉しそうに目元を綻ばせていて……私はそれを見て、本当にこの人と結婚するんだ、と実感していた。

抱きしめられたまま、修が耳元で低い声で囁く。

「来実、抱いていいか」

「……うん。……んっ」

頷くなり、すぐに噛みつくようにキスをされて、上の歯をなぞられる。修の舌が私の舌に触れれば、後はお互いに舌を絡め合い、室内に湿った音だけが充満する。

彼はキスをしながらベッドに移動し、器用にドレスを脱がせた。ドレスは簡単に脱がすことができるうえに、下着まで流れるように取られて、一瞬のためらいも許されない時間の中ですぐに生まれたままの姿になる。

修はもう一度舌を絡ませたキスをした後、私にのしかかった状態で自分も乱暴に服を脱いだ。そして私を見下ろして、目を細めた。

「来実はずっと綺麗なままだな」

「何言って……ひゃっ……！」

私の身体が喜ぶ場所を全部わかっているかのように、順に口づけ、触れていく。怖くなって修を見れば、優しく抱きしめられる。

お腹の底から修が欲しくなって手を伸ばせば、彼はその手に愛おしそうに頬ずりして、それから、熱を持った瞳で私を見つめた。

「今日は恥ずかしくても全部見ていて」

それはきっと私たちの止まっていた時計を進めるための儀式のような気がして、ゆっくり頷く。修が微笑んで私に軽いキスをすると、そのままその時計を進める。

それからは、お互いの名を呼ぶ声が室内に響いていた。

「修……、修っ」

「かわいい、来実。これからも一生俺だけのものだ」

何度もキスをして、何度も抱きしめて……。気付けば自分からもねだるように修の背中を掴んでいる。

目の前にある彼の幸せそうな顔を見ていると、心の中が温かいもので満たされた。

――朝、今いるところが自宅のベッドの上ではないと気付く。

そして修が私を抱きしめているのに気が付いて恥ずかしくなった。

(でも、これ、ずっとしてみたかったやつだ)

修の胸に頬ずりした後、顔を上げる。彼の端整な顔をずっと近くで見ていたくてじっと眺めていた。

(まつ毛長いな。オペの時、邪魔じゃないのかな?)

そっと手も取ってみる。たくさんの人を助けられる大きな手。

祖父の時はまだ医師免許もなくて、見てるしかできなかった自分に後悔していたかもしれないけど……今ではきっとあの時の祖父みたいな人をたくさん助けてる手だ。

「ふふ、ありがとう。修」

そう言って手に口づけた時、彼が目を開けていると気付いた。

「わ! 何! 起きてるなら言ってよ」

「いやーなんか手を握られているなぁと思ってつい見ていた。キスするなら手じゃなくて唇にしてくれればいいのに」

「だってさ……今はたくさんの人を治してる手なんだなぁって思ったら不思議で、嬉しくて」

私が照れながら言うと、修は愉しげに笑った。そして、そっと私の髪を撫でる。

「もっと早く医者になりたかったな。技術が身につくたび、あの時に戻れたらっていつも思ってる。過去に戻れたらと後悔するのは茂さんのことだけだ」

「でも、今だから修が救える人もたくさんいるよ。これから、あの時の私や修と同じ悲しい思いをする子が減るなら、私は嬉しい」

「そうか」

「それに、私が薬学部で手伝えるがんの治療薬の研究も、きっと将来あなたの役に立つ。これからは修の救いたいって思った人を助ける手伝いができると思うと、私も嬉しいの。そう考えると、離れていた時間を過ごしたのもむしろよかったんじゃないかって……今は思ってるんだ」

修は珍しく驚いた顔で私を見ていた。

「……え、どうしたの？」

「いや、来実がそう思っているならよかった……。本当によかった」

なんだか修の顔が泣きそうに見えて、よしよし、とその頭を撫でる。いつだって完璧な彼が見せる、ちょっと弱い一面。それは私たちに共通した悲しい思い出だ。

ぎゅう、と抱きしめたら、ぎゅう、と抱きしめ返される。悲しくなったり、躓《つま》いたりしたら、こうして抱き合えばいいと思った。

「来実、愛している」

「私も修を愛してる」

顔を上げた瞬間を見計らってキスされる。そしてキスはとめどなく降り注ぐ。キスのたび、「好きだ」「愛している」と甘い言葉も降ってきて、私はそのくすぐったい響きに微笑み、これからも一生修と進んでいく覚悟を決めていた。

エピローグ

――あのパーティーの日から約半年。修とはあれからすぐに入籍して、もうすぐ結婚式を控えている。

仕事では今、私は助手として薬学部の鈴鹿研究室に勤務していた。鈴鹿先生や栗山先生のおかげで、なんとか勤務できているという感じだけど、前よりできる仕事は確実に増えてきたし、毎日が充実している。


その日、研究が終わり、帰ろうとしたところで鈴鹿研の女学生が声をかけてきた。

「猪沢先生って、病院の超イケメンって有名な猪沢先生と結婚してるんですよね」

「……どこからその情報を聞いたの」

「本人です」

「え？」

私は目をぱちくりさせた。彼女は微笑んで答えを明かす。

「実は私のおじいちゃん、今、大学病院に入院してるんです。難しいオペだからって他の病院で断られてここに緊急搬送されて。その時のオペを担当してくださった先生が猪沢先生です。私、おじいちゃん子だから本当に心配してたけど、これからリハビリを始めようかっていうくらい元気になりました。本当に嬉しかったんです」

「そうなの」

私は微笑む。彼女も白い歯を見せた。

（やっぱり修はすごいや……）

純粋にそう思った。今、自分の現状に満足しかけていたけど、まだまだ私も彼に負けないように頑張りたいと思う。

彼女は何を思い出したのか笑いながら言った。

「で、名字がちょっと珍しいから、『私、ここの薬学部で同じ名字の先生のいる研究室なんです』って言ったら、嬉しそうに色々話してくれました。最初ちょっと怖い先生かと思ったけど、話してる時の目じりが落ちまくってて、笑っちゃいましたよ。いいな～あんな素敵な旦那さま」

「ハハハ……」

勝手にのろけないでほしいと修に心の中で思った後、息を吸い、ゆっくり彼女に頭を下げた。

「おじいさんのお話教えてくれてありがとう。本当に回復されてよかった……！」

彼女も明るい声で、「はい！」と笑ってくれた。

私は弾む足取りで帰宅した。玄関の扉を開けると、部屋の明かりがついている。修が迎えてくれた。その顔を見るだけでへにゃりと頬が緩んでしまう。

「おかえり」

「ただいま」

すぐに抱きしめ合って、軽く唇が重なる。唇が離れるなり笑顔が重なった。

「今日は早かったんだね？」

「あぁ、たまには俺も来実におかえりって言いたかったし。それに、夜勤明けだから、熊岡に任せたんだ。プライベートに忙しくなれないくらいに忙しくしてもらってる」

修が笑い、私はふと思い出した。

「そういえば、熊岡先生、今すごくおとなしいみたいだね。鈴鹿先生も驚いてた」

「あぁ、あれからなぜか姫下に懐かれたみたいでさ。色々大変で『もう女はこりごりだ』って言っている」

「なにそれ」

私が言うと、修はまた笑った。

リビングに入った途端、ミートソースのいい香りがする。キッチンを見ればフライパンにソースが作られていた。

「やった！　修のミートソースだ。今日はずっと修のスパゲッティを食べたい気分だったの」

「そうだろう？」

修は優しく目を細める。その顔を見ていたら胸がきゅうん、と音を立てた。

彼には勝手にのろけないでほしいと思ったけれど、実は、私の方が今、彼をかなり好きでたまらないくらいになっていて……今日は特に重症。何か病気なんじゃないかって思うくらいだ。

結局我慢できなくなって、つい修に抱き着いていた。彼は私をそっと抱きしめ返してくれる。

「どうした？」

「ごめん、修。あの、ね？　ミートソースもすっごく食べたいんだけど……今、修に甘えたい気分になった」

修はその言葉の真意に気付いたのか、嬉しげに笑って、それから私の髪を撫でる。

「来実から言ってくるなんて珍しいな。そういうことを言うと、どうなっても知らないから」

「いい。だからたくさん甘やかして」

「もういいって言うくらい思いきり甘やかしてやる」

すぐに膝の裏に腕を差し込まれる。目の前に精悍《せいかん》な顔が見えて、それがいつもより余裕がなさそうで……それだけで、また胸がきゅぅんとなってしまう。寝室まで行くのも惜しいというように、ソファに押し倒されて唇が重なった。

数えきれないくらいの甘いキスが全身に落ちていく。自分と彼との境界線がわからないくらいトロトロになって、その夜に溶けていった。

＊＊＊

――九月十五日土曜日、大安。

パイプオルガンの音色が聞こえると、チャペルの扉が開いた。私はシルクに華やかなレースで飾られた純白のウェディングドレスに身を包んで、バージンロードに一歩踏み出した。

しかし、私の隣の父は、一歩目から嗚咽《おえつ》を漏らしている。

「お父さん、大丈夫?」

「あ、あぁ」

父の腕に添えた手に少し力を入れると、父は涙をこらえて一緒に歩いてくれた。顔を上げれば、奥の祭壇には純白のタキシードに身を包んだ修が見える。

始まりは実家が近く、母たちの仲がよかったから。当たり前みたいに修に恋をして、それからもずっと彼が好きだった。彼の背中をいつでも追いかけて、やっと恋が実ったと思った時には、彼はボストン行きが決まっていた。離れていた四年間、忘れようと思っていても、結局全然忘れられなかった。

戻ってきて偽の婚約者なんて頼まれて、怒りもわいたけど、また彼を好きになっていた。私の人生は、いつだって真ん中に修がいた。

進む道の左右には、鈴鹿先生や栗山先生、大学の関係者、友達、恩師、そして、私たちの両親。見ると、私の母は祖父の写真を手に持っていた。私は写真の祖父に笑いかける。なんとなく祖父が笑い返してくれたように見えた。

そして祭壇にいる修にたどり着く。優しい彼の笑顔を見るだけで、顔が綻んだ。

「修くん、頼んだぞ」

「はい」

父から手渡され、修は私の手を取る。

その瞬間、ステンドグラスからこぼれる光が、祝福するように修と私を照らした。

微笑み合って、私たちは神様とみんなに誓う。

健やかなる時も、病める時も、喜びの時も、悲しみの時も、ふたりで並んで歩き続けることを――。

〈END〉

あとがき

はじめまして、泉野あおいと申します。ありがたいご縁からベリーズ文庫にて初めて本を出せる運びとなりました。

最初に恋愛小説を書いて投稿したサイトが『ベリーズカフェ』で、ベリーズ文庫から刊行するのが私の夢のひとつでもありました。このような機会をいただき、本当にありがとうございます。


さて、あとがきでは少しだけ、来実と修のその後や子どもたちについて綴っていこうと思います。

来実はこの後三人の子どもに恵まれます。もちろん修の協力と、祖父母たちの強力な手助けのおかげでしっかり仕事も続けています。

修は順調に昇格していき、病院長、学部長、そして最終的には学長になります。

子どもたちは大きくなると、全員、医療職に就きます。ちなみに誰が教えたわけでもないのに、長男が将棋に強いようです。

熊岡先生は姫下さんから逃げるように仕事をしまくり、修をしっかり助けてくれます。気付けば大学病院に欠かせない存在になっていきます。

鈴鹿先生と芦屋先生は相変わらず。よく来実を含めた三人で女子会が開催されています。

そして、栗山先生。彼は何かが吹っ切れたように研究にのめり込み、それを鈴鹿先生と来実が全力サポート。なんと大きな学術関連の賞を受賞して、その後、その技術が画期的新薬の一助となるとか……。そんな未来ももうすぐです。

本作は、わけあって離れたふたりの、再会から始まる物語でしたが、いかがでしたでしょうか？　登場人物たちとともに楽しんでいただけたなら、こんなに嬉しいことはありません。

最後になりましたが、この本の出版に携わっていただいたすべての方に御礼申し上げます。そして、この本を手に取ってくださったあなたに心からの感謝を！

またお会いできる日を、心より楽しみにしております。

泉《いずみ》野《の》あおい

泉野あおい先生への
ファンレターのあて先

〒104-0031
東京都中央区京橋1-3-1
八重洲口大栄ビル7F
スターツ出版株式会社　書籍編集部　気付

泉野あおい先生

本書へのご意見をお聞かせください

お買い上げいただき、ありがとうございます。
今後の編集の参考にさせていただきますので、
アンケートにお答えいただければ幸いです。

下記URLまたは二次元コードから
アンケートページへお入りください。
https://www.ozmall.co.jp/enquete/IndexTalkappi.aspx?id=2301

黒歴史な天才外科医と結婚なんて困ります！なのに、拒否権ナシで溺愛不可避!?

2025年1月10日　初版第1刷発行

著　者　泉野あおい

発行人　菊地修一
デザイン　カバー　アフターグロウ
フォーマット　hive & co.,ltd.
校　正　株式会社文字工房燦光
発行所　スターツ出版株式会社
〒104-0031
東京都中央区京橋1-3-1　八重洲口大栄ビル7F
TEL　03-6202-0386（出版マーケティンググループ）
TEL　050-5538-5679（書店様向けご注文専用ダイヤル）
URL　https://starts-pub.jp/
印刷所　大日本印刷株式会社

Printed in Japan

ISBN 978-4-8137-1689-1　C0193

ベリーズ文庫 2025年1月発売

『ドSな年下御曹司が従順ワンコな仮面を被って迫ってきます～契約妻なのに、これ以上は溺愛致死量です!～』佐倉《さくら》伊織《いおり》・著

製薬会社で働く香乃子には秘密がある。それは、同じ課の後輩・御堂と極秘結婚していること！　彼は会社では従順な後輩を装っているけれど、家ではドSな旦那様。実は御曹司でもある彼はいつも余裕たっぷりに香乃子を翻弄し激愛を注いでくる。一見幸せな毎日だけど、この結婚にはある契約が絡んでいて…⁉

ISBN 978-4-8137-1684-6／定価836円（本体760円＋税10%）

『一途な海上自衛官は時を超えた最愛で初恋妻を離さない～100年越しの再愛～【自衛官シリーズ】』皐月《さつき》なおみ・著

小さなレストランで働く芽衣。そこで海上自衛官・晃輝と出会い、厳格な雰囲気ながら、なぜか居心地のいい彼に惹かれるが芽衣は過去の境遇から彼と距離を置くことを決意。しかし彼の限りない愛が溢れ出し…「俺のこの気持ちは一生変わらない」――芽衣の覚悟が決まった時、ふたりを固く結ぶ過去が明らかに…⁉

ISBN 978-4-8137-1685-3／定価836円（本体760円＋税10%）

『御曹司様、あなたの子ではありません!～双子がパパそっくりで隠し子になりませんでした～』伊月《いづき》ジュイ・著

双子のシングルマザーである楓は育児と仕事に一生懸命。子どもたちと海に出かけたある日、かつての恋人で許嫁だった皇樹と再会。彼の将来を思って内緒で産み育てていたのに――「相当あきらめが悪いけど、言わせてくれ。今も昔も愛しているのは君だけだ」と皇樹の一途な溺愛は加速するばかりで…⁉

ISBN 978-4-8137-1686-0／定価825円（本体750円＋税10%）

『お飾り妻は本日限りでお暇いたします～離婚するつもりが、気づけば愛されてました～』華藤《かとう》りえ・著

名家ながら没落の一途をたどる沙織の実家。ある日、ビジネスのため歴史ある家名が欲しいという大企業の社長・瑛士に一億円で「買われる」ことに。愛なき結婚が始まるも、お飾り妻としての生活にふと疑問を抱く。自立して一億円も返済しようとついに沙織は離婚を宣言！　するとなぜか彼の溺愛猛攻が始まって⁉

ISBN 978-4-8137-1687-7／定価825円（本体750円＋税10%）

『コワモテ御曹司の愛妻役は難しい～演技のはずが、旦那様の不器用な溺愛が溢れてます⁉～』冬野《とうの》まゆ・著

地味で真面目な会社員の紗奈。ある日、親友に頼まれ彼女に扮してお見合いに行くと相手の男に襲われそうに。助けてくれたのは、勤め先の御曹司・悠吾だった！紗奈の演技力を買った彼に、望まない縁談を避けるためにと契約妻を依頼され⁉見返りありの愛なき結婚が始まるも、次第に悠吾の熱情が露わになって…。

ISBN 978-4-8137-1688-4／定価836円（本体760円＋税10%）

ベリーズ文庫 2025年1月発売

『黒歴史な天才外科医と結婚なんて困ります！なのに、拒否権ナシで溺愛不可避!?』泉野《いずみの》あおい・著

大学で働く来実はある日、ボストンから帰国した幼なじみで外科医の修と再会する。過去の恋愛での苦い思い出がある来実は、元カレでもある修を避け続けるけれど、修は諦めないどころか、結婚宣言までしてきて…!?　彼の溺愛猛攻は止まらず、来実は再び修にとろとろに溶かされていき…！

ISBN 978-4-8137-1689-1／定価825円（本体750円＋税10%）

『交際0日婚でクールな外交官の独占欲が露わになって――激愛にはもう抗えない』朝永《ともなが》ゆうり・著

駅員として働く映茉はある日、仕事でトラブルに見舞われる。焦る映茉を助けてくれたのは、同じ高校に通っていて、今は外交官の祐駕だった。映茉に望まぬ縁談があることを知った祐駕は突然、それを断るための偽装結婚を提案してきて!?　夫婦のフリをしているはずが、祐駕の視線は徐々に熱を孕んでいき…!?

ISBN 978-4-8137-1690-7／定価825円（本体750円＋税10%）

『極上スパダリと溺愛婚～年下御曹司・冷酷副社長・執着ドクター編～【ベリーズ文庫溺愛アンソロジー】』

人気作家がお届けする〈極甘な結婚〉をテーマにした溺愛アンソロジー！　第1弾は「葉月りゅう×年下御曹司とのシークレットベビー」、「櫻御ゆあ×冷酷副社長の独占欲で囲われる契約結婚」、「宝月なごみ×執着ドクターとの再会愛」の3作を収録。スパダリの甘やかな独占欲に満たされる、極上ラブストーリー！

ISBN 978-4-8137-1691-4／定価814円（本体740円＋税10%）

ベリーズ文庫 2025年2月発売予定

Now Printing

『タイトル未定（パイロット×偽装結婚）』若菜《わかな》モモ・著

大手航空会社ANNの生真面目CA・七海は、海外から引き抜かれた敏腕パイロット・透真がちょっぴり苦手。しかしやむを得ず透真と同行したパーティーで偽装妻をする羽目になり…!?　彼の新たな一面を知るたび、どんどん透真に惹かれていく七海。愛なき関係なのに、透真の溺愛も止まらず翻弄されるばかりで…！

ISBN 978-4-8137-1697-6／予価814円（本体740円＋税10%）

Now Printing

『元カレ救命医に娘ともども愛されています』砂川雨路《すながわあめみち》・著

OLの月子は、大学の後輩で救命医の和馬と再会する。過去に惹かれ合っていた2人は急接近！　しかし、和馬の父が交際を反対し、彼の仕事にも影響が出るとを知った月子は別れを告げる。その後妊娠が発覚し、ひとりで産み育てていたところに和馬が現れて…。娘ごと包み愛される極上シークレットベビー！

ISBN 978-4-8137-1698-3／予価814円（本体740円＋税10%）

Now Printing

『冷徹御曹司の旦那様が「君のためなら死ねる」と言い出しました』葉月《はづき》りゅう・著

調理師の秋華は平凡女子だけど、実は大企業の御曹司の桐人が旦那様。彼にたっぷり愛される幸せな結婚生活を送っていたけれど、ある日彼が内に秘めていた"秘密"を知ってしまい――！　「死ぬまで君を愛することが俺にとっての幸せ」溺愛が急加速する桐人は、ヤンデレ気質あり!?　甘い執着愛に囲われて…！

ISBN 978-4-8137-1699-0／予価814円（本体740円＋税10%）

Now Printing

『鉄仮面の自衛官ドクターは男嫌いの契約妻にだけ激甘になる【自衛官シリーズ】』晴《はる》日《ひ》青《あお》・著

元看護師の律。4年前男性に襲われかけ男性が苦手になり辞職。だが、その時助けてくれた冷徹医師・悠生と偶然再会する。彼には安心できる律に、悠生が苦手克服の手伝いを申し出る。代わりに、望まない見合いを避けたい悠生と結婚することに!?　愛なきはずが、悠生は律を甘く包みこむ。予期せぬ溺愛に律も堪らず…！

ISBN 978-4-8137-1700-3／予価814円（本体740円＋税10%）

Now Printing

『秘め恋10年～天才警視正は今日も過保護～』藍里《あいさと》まめ・著

何事も猪突猛進！な頑張り屋の葵は、学生の頃に父の仕事の関係で知り合った十歳年上の警視正・大和を慕い恋していた。ある日、某事件の捜査のため大和が葵の家で暮らすことに!?　"妹"としてしか見られていないはずが、クールな大和の瞳に熱が灯って…！　「一人の男として愛してる」予想外の溺愛に息もつけず…！

ISBN 978-4-8137-1701-0／予価814円（本体740円＋税10%）

タイトル、価格等は変更になることがございますのでご了承ください。

ベリーズ文庫 2025年2月発売予定

Now Printing

『ベリーズ文庫溺愛アンソロジー』

人気作家がお届けする〈極甘な結婚〉をテーマにした溺愛アンソロジー第2弾！　「滝井みらん×初恋の御曹司との政略結婚」、「きたみ まゆ×婚約破棄から始まる敏腕社長の一途愛」、「木登×エリートドクターとの契約婚」の3作を収録。スパダリに身も心も蕩けるほどに愛される、極上の溺愛ストーリー！

ISBN 978-4-8137-1702-7／予価814円（本体740円＋税10%）

Now Printing

『捨てられた恥さらし王女、闇落ちした異国の最恐王子に求婚される』朧月《おぼろづき》あき・著

精霊なしで生まれたティアのあだ名は"恥さらし王女"。ある日妹に嵌められ罪人として国を追われることに！　助けてくれたのは"悪魔騎士"と呼ばれ恐れられるドラーク。黒魔術にかけられた彼をうっかり救ったティアを待っていたのは――実は魔法大国の王太子だった彼の婚約者として溺愛される毎日で!?

ISBN 978-4-8137-1703-4／予価814円（本体740円＋税10%）

ベリーズ文庫with 2025年2月発売予定

Now Printing

『君の隣は譲らない』佐倉《さくら》伊織《いおり》・著

おひとりさま暮らしを満喫する26歳の万里子。ふらりと出かけたコンビニの帰りに鍵を落とし困っていたところを隣人の沖に助けられる。話をするうち、彼は祖母を救ってくれた恩人であることが判明。偶然の再会に驚くふたり。その日を境に、長年恋から遠ざかっていた万里子の日常は淡く色づき始めて…!?

ISBN 978-4-8137-1704-1／予価814円（本体740円＋税10%）

Now Printing

『恋より仕事と決めたのに、エリートな彼が心の壁を越えてくる』宝月《ほうづき》なごみ・著

おひとり様を謳歌するため、憧れのマンションに引っ越したアラサーOL・志都。しかし志都が最も苦手とするキラキラ爽やか系エリート先輩・昴矢とご近所になってしまう。極力回避したかったのに…なぜか昴矢と急接近!?　「君を手に入れるためなら、悪い男になるのも辞さない」と不器用ながらも情熱的な愛を注がれて…！

ISBN 978-4-8137-1705-8／予価814円（本体740円＋税10%）

タイトル、価格等は変更になることがございますのでご了承ください。

電子書籍限定

恋にはいろんな色がある。

マカロン文庫 大人気発売中！

通勤中やお休み前のちょっとした時間に楽しめる電子書籍レーベル『マカロン文庫』より、毎月続々と新刊発売中！　大好きな人に溺愛されるようなハッピーな恋から、なにげない日常に幸せを感じるほのぼのした恋、届かない想いに胸が苦しくなる切ない恋まで、そのときの気分にピッタリな恋が見つかるはず。

［話題の人気作品］

〝仕事一筋の冷徹弁護士〟な義兄と利害の一致で夫婦に!?

『義兄のかりそめ妻になりました――策士な弁護士の契約外な愛に陥落寸前です【愛され期間限定婚シリーズ】』
惣領莉沙・著　定価550円（本体500円＋税10%）

クールな公安警察官の秘めた激愛が溢れ出し…。

『エリート公安警察官の激愛は、偽装妻を甘く翻弄して逃がさない～この愛も、任務の一環ですか？～』
夏雪なつめ・著　定価550円（本体500円＋税10%）

再会したパイロットの極上愛が、双子ママに降り注ぐ…!?

『高嶺のパイロットは、秘密の双子とママを愛で倒す～地味な私が本命だなんてホントですか？～』
一ノ瀬千景・著　定価550円（本体500円＋税10%）

一途な自衛官は、初恋妻への溺甘愛を抑えらなくて…!?

『航空自衛隊ドクターは鈍感な片恋妻を猛愛契約で逃がさない【極甘医者シリーズ】』
にしのムラサキ・著　定価550円（本体500円＋税10%）

各電子書店で販売中

電子書店パピレス　honto　amazonkindle
BookLive!　Rakuten kobo　どこでも読書

詳しくは、ベリーズカフェをチェック！

小説サイト Berry's Cafe
http://www.berrys-cafe.jp

マカロン文庫編集部のTwitterをフォローしよう
@Macaron_edit 毎月の新刊情報をつぶやきます♪